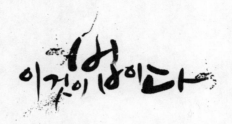

이것이 법이다

KB121127

이것이 법이다 185

2024년 6월 21일 초판 1쇄 인쇄
2024년 6월 26일 초판 1쇄 발행

지은이 자카예프
발행인 김관영

기획 박경무 강민구 임동관 조익현 최시준 신정윤
책임편집 최전경
마케팅지원 유형일 장민정

발행처 (주)로크미디어
출판등록 2003년 3월 24일
주소 서울시 마포구 마포대로 45 일진빌딩 6층
Tel (02)3273-5135 **Fax** (02)3273-5134
홈페이지 rokmedia.com **E-mail** rokmedia@empas.com

ⓒ 자카예프, 2015

값 9,000원

ISBN 979-11-408-2123-5 (185권)
ISBN 979-11-255-9575-5 04810 (세트)

이것이 법이다

185

자카예프 장편소설

ROK MEDIA
로크미디어

CONTENTS

기술은 발전한다

기술은 발전한다.

그리고 창과 방패는 계속해서 만들어진다.

그걸 알기에 노형진은 사실 자신들이 만든 무기가 언젠가 복제될 거라는 걸 알고 있었다. 물론 이처럼 대놓고 따라 만들 줄은 몰랐지만 말이다.

하지만 최소한 미국이나 다른 나라들이 개념을 이해한 이상 특허를 우회하는 방법으로 비슷한 개념의 무기를 만들어 내는 것을 막을 방법은 없었다.

특허란 기술을 보호하는 거지 아이디어를 보호하는 게 아니기 때문이다. 만일 특허를 통해 아이디어를 보호하게 되면 그 순간부터 인간의 발전은 멈출 수밖에 없다.

더군다나 노형진이 개발한 무기들은 미국이 추구하는 최첨단의 하이테크 무기가 아니다. 실용적이고 현대 기술을 적절하게 혼합한 싼 가격의 무기들이다.

　그러니 그걸 복제당하리라 예상하는 건 어렵지 않았다.

　"그리고 무기를 팔아먹을 때 가장 좋은 방법은 무기와 함께 방패를 같이 팔아먹는 거죠."

　노형진은 그렇게 말하면서 뭔가를 뒤에 있는 사람에게 손짓했다. 그러자 그가 커다란 통을 가지고 다가왔다.

　"이게 뭡니까?"

　"일단 진격에 가장 방해가 되는 물건들을 막기 위한 장비입니다."

　"모양이 좀…… 기괴하네요?"

　아래는 두껍고 위쪽은 기괴하게 얇다. 그리고 그 두꺼운 아래쪽에는 마치 풍차처럼 돌아가는 세 개의 바퀴가 있었다.

　"아, 위쪽 장치는 접을 수 있습니다."

　노형진이 그렇게 말하며 버튼을 누르자 위쪽에 있는 장비들이 눌리면서 안쪽으로 들어갔다. 그러자 남은 건 대략 30센티 정도 되는 네모난 상자였다.

　"이걸 어떻게 쓰라는 건지?"

　"간단합니다. 이걸로 건물 내부를 수색하는 겁니다."

　"건물 내부를요?"

　"직접 보시는 게 빠를 겁니다. 여기에도 비상계단이 있죠?"

"네."

"가서 보시죠."

노형진은 요프젠 차관을 데리고 비상 통로로 향했다.

"어차피 모든 수색은 계단을 통해 이루어지죠? 안 그렇습니까?"

"그렇죠."

엘리베이터는 쓸 수가 없다.

애초에 전쟁터에 전기가 들어올 가능성 자체가 낮은 데다가 엘리베이터를 이용하면 수류탄 한 발에 몰살당할 게 뻔하니 대가리에 구멍이 난 놈이 아니고서야 모든 수색은 계단을 이용한다. 노형진이 건물 내부에 부비트랩을 설치할 수 있게한 것도 그런 점을 이용한 거다.

"그리고 이 장비는 그걸 역으로 건드리는 거죠."

장비를 올려 두고 컨트롤러로 시동을 걸자 천천히 세 개의 바퀴가 마치 풍차처럼 회전하면서 계단을 타고 올라가기 시작했다.

"생각보다 안정적이군요. 어디서 본 것 같은데."

"네, 그럴 겁니다. 사실 이런 방식의 기술이 딱히 대단하거나 최첨단인 기술은 아니거든요. 사람도 아닌데 굳이 계단을 두 다리로 올라갈 이유가 없지 않습니까?"

이미 계단을 올라가는 드론을 개발할 때 가장 범용으로 사용하는 기술이 바로 이런 세 개의 바퀴를 이용한 회전 방식이다.

"그런데…… 어떻게?"

그럼에도 불구하고 다른 드론들은 이런 안정적이지 않다. 심지어 이렇게 빠르지도 않다. 물론 이 드론이 아주 빠른 건 아니지만 최소한 사람이 계단을 올라가는 속도 정도는 나온다.

게다가 사람은 올라가면서 지치는 반면 드론은 지치지 않는다는 점을 감안하면 결과적으로 비슷하거나 더 빠를 수도 있다는 소리다.

"다른 드론들은 무게중심 문제가 있으니까요."

"무게중심?"

"네, 다른 계단 주행형 드론들은 목적이 다양합니다."

건물 내부의 소탕, 또는 정찰, 제압 등등 별의별 조건을 다 달아서 만들려고 한다. 그렇게 되면 당연히 요구되는 장비도 많아지고 그 장비에 대한 무게중심도 높아진다.

예를 들어 건물 내부 소탕이 목적이라면 일단 총을 달아야 하고 충분한 양의 탄약을 공급할 수 있는 급탄 시스템도 달아야 한다. 교전시에 적에게서 스스로를 지키기 위해 방탄판 등의 방어 시스템도 달아야 한다.

"하지만 이건 아니죠."

"아니라고요?"

"부서지라고 만든 겁니다. 저희가 제공하는 골판지 드론 아실 텐데요?"

원래 골판지 드론은 러시아-우크라이나 전쟁에서 자금이 부족한 우크라이나가 '차라리 가벼운 종이라면 쓰고 버리는 용도로 괜찮지 않을까?'라는 생각에서 만든 물건이다.

실제로 드론은 배터리 등의 문제로 그 무게에 한계가 있다 보니 기존에 가벼운 소재나 플라스틱 같은 걸 이용할 수밖에 없었는데, 종이도 적당한 가공을 거친 경우 그 정도 무게를 버틸 수도 있는 물건이 나온다.

"이것도 마찬가지입니다. 외부는 종이를 이용해서 장비해서 이용하는 거죠."

내부의 구동계와 기둥 빼고는 무거운 것도 없다.

"설마 이 기둥은?"

"네, 사람 대신인 거죠. 아, 이건 시험 모델이라서 쇠로 되어 있습니다만 단가를 위해 더 낮출 수도 있습니다."

이동하거나 보관할 때 눌러서 보관하는 기둥이다. 심지어 그것도 골판지나 플라스틱을 만들 수 있다. 그리고 그 목적은 단 하나.

"건물 내부의 부비트랩은 레이저로 작동합니다."

누군가가 그걸 가리면 터지는 아주 간단하고 기초적인 장비다. 그건 싼 가격에 만들기도 쉽다.

"거기에 대상의 크기나 무게를 판단하는 프로세서를 넣을 필요도 없고, 그러면 터무니없이 단가가 뛰지요."

레이저로 서로 신호를 주고받다가 뭔가가 레이저를 차단

한다? 그러면 꽝, 하고 터지는 거다. 인계철선처럼 보이지도 않으니 대응도 못 하는 거고 말이다.

"그 말은 레이저만 차단하면 된다는 겁니다."

그러면 알아서 터질 거다.

"이건 무게도 가벼워요. 가격도 쌉니다."

금속부라고 해 봤자 오로지 구동부 정도다. 심지어 바퀴 부위는 재활용 플라스틱이다. 내구성은 떨어지겠지만 알 게 뭔가?

'어차피 오래 쓸 물건도 아닌데.'

아마 이 장비에서 가장 비싼 부품은 배터리일 것이다. 심지어 이건 전용 배터리를 쓰는 것도 아니다.

"대용량의 건전지를 씁니다. 중국에서 싼 가격에 마구 팔아 재끼는 그 물건입니다."

마트에 가면 1만 원에 스무 개씩 주는 중국산 싸구려를 써도 상관없다.

"적이 그걸 발견한다 한들 뭐 어떨까요?"

"네?"

"미국이나 유럽 등지는 건물 수색용 드론을 만들려고 노력 중입니다. 그렇죠?"

"그렇죠."

"그런데 그게 지지부진한 이유는 간단합니다."

거기에 제압 기능을 넣으려고 하기 때문이다. 미국이나 유럽에서는 인명 손실에 엄청나게 예민하기에 그걸 어떻게든 막으려고 하니까.

"그러면 이건?"

"이건 그런 복잡한 기능이 없습니다."

그냥 움직일 줄만 안다.

"정확하게는 이 기둥 위에 달린 싸구려 카메라를 통해 내부를 볼 수 있습니다. 솔직히 말해서 이 기동형 부분보다 이걸 조종하는 디스플레이 부분이 더 비쌀 겁니다."

일단 카메라는 캠 수준의 최저가 물건이면 되니까.

도리어 이 조종장치의 디스플레이가 더 비쌀 거다.

실제로 인터넷에서 웹캠을 찾으면 만 원짜리도 있는데, 그 것도 심지어 기둥과 여러 부분을 포함한 가격이다. 카메라 부분만 쓴다면, 그것도 직구를 한다면 비싸 봐야 2~3천 원밖에 안 할 거다.

"그런데 이걸로 내부를 확인하던 중에 이게 부서졌다는 것 자체가 그곳에 부비트랩이 설치되어 있었다는 뜻이죠."

"그렇죠."

그렇다면 아래는 그걸 확인하고 전략을 짜면 그만이다. 만일 부비트랩이 있다면 추가적인 부비트랩을 위해 드론을 하나 더 올리면 되고, 만일 적의 총격에 의해 부서진 거라면 거기에 적이 있다고 가정하고 작전을 짜면 된다.

"아쉽군요."

"네?"

그런데 노형진의 설명에 요프젠 차관은 입맛을 다셨다.

"제압 방법이 있다면 좋았을 텐데."

"욕심이 과하시네요. 이거 잘해 봐야 200만 원에서 300만 원 할 겁니다만?"

다른 나라에서는 수억 단위 장비들조차도 아직 제대로 된 제압 능력을 갖추지 못해서 실전에 투입 못 하는데 말이다.

"저희도 아시지 않습니까. 그……."

"네, 우크라이나는 인원이 부족하죠."

그것도 아주 많이 부족하다.

"그래서 제가 이걸 가져온 겁니다."

"네?"

"이건 제압 능력이 있거든요."

그 말에 요프젠 차관은 어이없다는 얼굴이 되었다.

"말도 안 되는 소리입니다. 수억짜리 장비도 제압 능력이 없다고 하신 건 미스터 노가 아닙니까?"

"제압이라는 게 어떻게 하느냐에 따라 달라지죠."

"그게 무슨 말입니까?"

"서방 국가들의 제압의 개념은 그겁니다. 내 쪽에서 안 다치고 저놈들을 무력화하는 것."

"그렇죠."

"그걸 굳이 총으로 쓸 필요가 있나요?"

노형진은 그렇게 말하면서 계단을 타고 올라갔다가 다시 내려온 드론으로 다가갔다.

"말씀드렸죠, 최대한 싼 가격에 그리고 재활용품을 이용해서 만들었다고."

"네."

"그럼에도 불구하고 무게중심을 아래로 내려야 했습니다. 사실 그래서 더 내려야 했죠."

뭔가 가운데에 올라가 있으면 그 물건은 무게중심이 휘청거릴 수밖에 없다. 당장 현대전만 해도 배에서 레이더를 설치할 때 엄청 골치 아파한다.

구형 전함이 레이더를 업그레이드 못 하는 이유도 바로 그거다. 신형 레이더는 더 강력한 만큼 더 무겁다. 그리고 그게 위에 올라가면 배의 무게중심이 완전히 무너진다.

그걸 보정하기 위해서는 무게중심을 아래로 깔기 위해 배에 짐을 더 올리거나 해야 하는데, 당연히 배는 느려지고 효율도 안 좋아진다.

그래서 오래된 배들이 업그레이드하는 데 한계가 명확한 거다.

"이것도 마찬가지더군요."

거의 절대다수의 부품들이 재활용된 부분이다. 물론 필수적으로 어쩔 수 없이 금속이 들어가기도 하지만 그걸 최소한으로 줄여야 했다. 왜냐하면 이건 보병들이 들고 다닐 물건이니까.

물론 기본적으로 차량 수송이 가능하겠지만 일단 시가전에서 이걸 차량으로 건물마다 배달하는 건 불가능하니 무게를 줄일 수밖에 없다.

"그래서요?"

"옷차."

노형진은 박스 형태의 본체를 열고 뭔가를 꺼내서 요프젠 차관에게 던졌다.

"이게 뭡니까?"

그걸 받아 든 요프젠 차관은 어리둥절한 얼굴이 되었다.

"이걸로 무게중심을 잡기에는 좀……."

하얀색의 알약 열 개.

"그건 무게중심을 잡는 게 아닙니다. 무력화하는 거지."

"네?"

"한국산 CS 가스탄 알약입니다."

"CS탄 알약이라니요?"

"쉽게 말해서 최루가스입니다. 내부에 발열통이 설치되어 있습니다. 드론이 전력을 돌려서 그걸 달굴 수 있죠. 그러면 그 층에는 CS 가스가 가득 찰 겁니다."

"효과가 좋습니까?"

"죽여줍니다. 당해 봐서 알죠."

한국 남자들이 군 생활을 할 때 피할 수 없는 훈련 중 하나가 바로 화생방 훈련이다. 가스탄을 터트린 밀폐된 공간에서 버티는 화생방 훈련은 가장 힘든 훈련 중 하나이지만, 일부에서는 쓸데없는 훈련이라고도 한다.

그도 그럴 것이, 전쟁터에서 적이 CS탄을 쓸 리가 없지 않은가? 그냥 독가스를 쓰지.

당연히 버티기는커녕 10초만 노출되어도 그대로 죽는데 버티는 훈련은 의미가 없다는 사람도 있다. 하지만 유용하다는 쪽은 한번 겪어 보면 뒈지기 싫어서라도 훈련을 하게 된다고 표현한다.

'당해 본 사람들은 알지, 이게 얼마나 독한지.'

일반적으로 사람들이 생각하는 화생방 훈련을 할 때 과연 얼마나 CS 캡슐을 터트릴까? 열 개? 스무 개?

아니다. 일반적으로 아예 훈련이 이루어지지 않아서 가스가 없다는 전제 조건하에 터트리는 CS 캡슐의 숫자는 고작 세 개다. 그마저도 낙엽 같은 걸 섞어서 연기만 피우지, 가스 농도 자체를 높이는 경우는 드물다. 그런데 그 CS 캡슐이 열 개?

거기다가 애초에 지금 작전지역은 밀폐되어 있는 건물 안이다.

물론 창문을 열거나 깨면서 환기 시도를 할 수 있겠지만 그게 그렇게 빨리되는 것도 아니니 그 안에 있는 사람들은 거의 반쯤 죽는다고 봐야 한다.

"가스탄이라고요?"

하지만 가스탄이라는 말에 요프젠 차관은 떨떠름한 얼굴이 되었다. 그도 그럴 게 가스를 사용하는 건 여러모로 문제가 많기 때문이다.

"어차피 비살상탄입니다. 그리고 독가스로 죽나 총에 맞아 죽나 죽는 건 마찬가지죠. 전 세계적으로 독가스를 사용하지 않는 이유는 그게 대량 살상 무기이기 때문입니다. 그리고 CS탄은 죽을 만큼 고통스럽기는 하지만 또 죽는 경우는 드물거든요."

노형진이 CS 알약을 열 개나 넣은 이유는 간단하다. 일반적으로 건물 내부는 화생방 훈련장보다 비싸고 환기가 훨씬 잘되는 구조니까.

하지만 아무리 그래도 열 개면 충분히 제압이 가능하다.

"그거야 그렇습니다만 이거 막는 건 너무 쉽지 않습니까? 방독면 하나면 되는 일인데요."

"네, 그렇죠. 그런데 우크라이나군이 방독면 챙기는 거 보셨습니까?"

"네?"

"우크라이나군이 방독면을 챙깁니까?"

"그게……."

"사실 군장 중에 방독면이 기본 장비인 나라는 많지 않습니다."

심지어 미군조차도 기본 군장에 방독면이 없다. 왜냐하면 애초에 방독면이라는 게 독가스를 막기 위해서 개발된 건데, 상대방이 독가스를 사용하면 전 세계에서 집중적으로 공격받고 견제되기 때문이다.

그렇기에 전 세계의 다른 나라들은 자국 내 화학전 가능성을 낮게 보고 기본 군장으로 소지하는 게 아니라 비축 물자로 분류해서 관리하다가 진짜 화학전이 발생하는 경우에 분배하는 방식을 취하고 있다.

다만 한국과 일본은 바로 위에 북한이라는 미친놈이 있고 그놈들은 툭하면 화학탄으로 지랄 발광을 해서 어쩔 수 없이 기본 군장으로 방독면을 지급하는 거다.

"러시아군은 방독면이 없을 겁니다. 당연하게도요. 실제로도 지금까지 그래 왔으니까요."

포로들이나 사상자의 물건을 확인해 보면 방독면은 없었다.

"하지만 이게 소문나면 러시아군도 지급할 겁니다."

"그러겠죠. 그런데 솔직히 말해서 탱크도 서류상 숫자가 맞는지 불확실한 게 러시아입니다. 그런데 방독면이 제대로 갖춰져 있을까요?"

"아!"

방독면이 치장 물자라 전군 지급품이기는 하다. 그러나 평소에 쓸 일도 없고 러시아라는 특성상 누가 전쟁하자고 도발하지도 않을 테고, 설사 그 상대가 미국이라 해도 핵을 썼으면 썼지 가스를 쓸 일은 별로 없을 테니까 가장 신경 안 쓰는 치장 물자 중 하나일 것이다.

그런데 과연 제대로 된 방독면이 있을까? 설사 있다 해도 작동이나 할까?

'한국도 그 지랄인데 뭘.'

한국도 수통 바꾸자고 한 지가 수십 년인데도 다 치장해 두고 안 풀었던 적이 있다. 그리고 방독면에 쓰는 필터 한국군에서 정화통이라고 불리는 부품은 소모품이다.

사실 일선에 공급된 필터는 이미 수명을 다해서 못 쓴다. 하지만 어떤 부대도 새로운 필터를 뜯어서 공급하지 않는다. 확인해 보면 아마 일선 부대에서 필터가 한 20년쯤 지난 놈도 나올 거다.

그런데 러시아가 제대로 작동되는 충분한 숫자의 방독면이 있을까?

"물론 우크라이나도 충분한 방독면이 있지는 않겠지만요."

최소한 CS 가스탄이 터진 후에 자기들이 돌입할 거라는 사실을 예상하고 있다면 당연히 우크라이나군은 방독면을 챙길 거다.

가스에 완전히 정신이 나간 놈들에게 항복하라고 하면 대부분은 항복할 테고, 설사 버틴다 해도 방독면을 쓰고 들어가서 두들겨 패거나 전쟁이니만큼 쏴 죽이면 그만이다.

"게다가 안 나와도 그만입니다."

"안 나와도 그만이라고요?"

"이미 위치가 드러나지 않았습니까?"

"그거야 그렇지요?"

"그리고 입구는 하나뿐이고요."

노형진은 그렇게 말하면서 드론에서 다른 뭔가를 꺼내 던졌다. 그걸 받아 든 요프젠은 깜짝 놀랐다.

"수류탄 아닙니까?"

"아, 샘플용 목업입니다. 안 터져요. 무게는 맞췄습니다만."

"무게요?"

"제가 그랬죠, 무게중심을 아래로 잡아야 한다고? 그런데 CS 캡슐로는 무게를 못 맞추죠. 그러면 무게중심추가 될 만한 다른 게 있어야 하죠."

"설마……?"

"병사들이 수류탄은 다 서너 개씩 들고 다니지 않습니까?"

올라가기 전 수류탄을 연결하고 올려 보내면 된다.

그러다가 적에게 걸리면?

당연히 적은 드론을 파괴할 거다. 하지만 동시에 드론이 유일한 입구에 주저앉게 될 거다.

거의 대부분의 건물들은 통로가 하나니까.

물론 대형 건물들 중에는 통로가 여러 개인 곳이 많지만 외부에 공격하기가 너무 힘들다 보니 시가전을 할 때 버티는 건물이 제한적인 경우가 대부분이다.

"유일한 입구에 수류탄이 설치된 놈이 주저앉아 있다면 내부에 있는 러시아군은 어떤 기분일까요?"

"아……."

그걸 피해서 내려가자니 접근하는 순간 터질 거다.

그리고 설사 내려간다 한들 그 드론이 왔다는 것 자체가 이미 건물이 우크라이나군에 포위되어 있다는 의미다.

"소위 말하는 돈좌 되는 상황이 되는 거죠."

나가자는 수류탄 자폭이 무섭고 버티자니 가스가 고통스럽다. 그나마 방독면이 있다고 한들 방독면의 필터는 사람들의 생각처럼 영원하지 않다.

한국에서 민방위용으로 사용되는 필터의 사용 시간은 길어야 이십 분 정도. 군사용조차도 길어 봐야 한 시간 삼십 분이다. 그런데 환기시키기 위해 창문을 연다고 해도 그게 빠져나가는 데 오래 걸릴뿐더러, 그걸 그냥 두고 볼 우크라이나군도 아니다.

"버틸 수가 없겠군요."

우크라이나군은 그들이 나오길 기다리면 그만이다.

"그마저도 시간이 오래 걸리면 연막탄을 이용해도 되고요."

"연막탄?"

"네, 저쪽도 경계하겠지만 이쪽에서 연막이 터지면 어쩔 건데요?"

"아하!"

보이는 게 없을 테고 최루가스에 신경 쓸 틈도 없을 거다. 그러면 조용히 벽으로 다가가서 실내에 수류탄 한두 개쯤 까서 던지면 안에 있던 인간들을 싹 다 죽일 수 있다.

"빠르게 죽일 것이냐, 아니면 천천히 항복을 받아 낼 것이냐는 건 결국 현장 지휘관이나 우크라이나 정부의 선택이겠지만요."

"흠."

물론 이렇게 하면 건물 수색이 느려질 수도 있다.

'아니, 아니야. 도리어 빨라지겠어.'

건물을 수색하는 것은 극도로 피곤하고 사람이 갈려 나가는 일이다. 체력이 있으면 수색할 수 있다? 그건 전쟁을 안 겪어 본 놈들이나 하는 말이다.

매층을 수색할 때마다 부비트랩과 죽음의 공포와 싸워야 한다. 그냥 걸어갔다가 걸어 올라오는 그런 게 아니다.

저층 건물은 보통 세 개, 고층 건물은 한 개만 수색해도 수색자는 정신적 스트레스로 인해 탈진해 버린다.

러시아군이 돈좌된 이유가 뭔가? 죄다 지칠 대로 지쳐서 건물 하나 수색하는 데 하루 종일 걸리고 그마저도 나중에 지쳐서 서로 안 하려고 해서가 아니던가?

의외로 시가전에서 건물의 수색은 체력의 문제가 아니라 심적인 문제다.

"하지만 이건……."

"네, 이동속도 자체는 사람보다 느리지만 심적인 문제가 없죠."

부비트랩이 터진다? 그래도 상관없다. 내가 죽는 거 아니니까.

적 총격에 부서졌다? 그래도 상관없다. 연막탄을 터트리고 안에서 수류탄 서너 개 까 넣으면 소탕 끝이다.

하나하나를 수색하는 속도는 느려지겠지만 전체적인 속도는 엄청나게 빨라질 거다. 사람들이 받는 스트레스 강도가 확 줄어들 테니까.

"마음에 드는군요."

"거기다 무게도 가볍습니다."

가격도 싸다. 한 개당 가격이 최대 300만 원. 수류탄까지 모조리 포함한 무게 기준으로 해서 10킬로그램이다.

대량 주문하고 기둥이 되는 부분이나 다른 부분을 더 싼 하드보드지 같은 종이로 바꾼다면 가격도 무게도 더 줄일 수 있다.

이 정도면 보병이 짊어지고 다니면서 써먹을 수는 없겠지만 시가전에서 수색할 때 대량으로 가져가 현장에서 분배해서 사용하기에는 충분하다.

"설사 수류탄이 없다고 해도 문제 될 게 없죠."

숨어 있는 위치가 드러나면 드론을 보내서 쏴 버리든, 아니면 포탄으로 날려 버리든 하면 그만이니까.

"좋군요. 확실히 시가전에 쓸 만하겠어요."

빠른 진격에는 못 쓸 물건이다. 하지만 애초에 우크라이나가 빠르게 진격하기는 애매하다.

"그리고 다른 무기도 있습니다만."

"다른 무기라 하시면?"

"조만간 대대적인 반격을 하실 것으로 아는데요?"

그 말에 요프젠 차관은 흠칫했다. 사실이니까.

조만간 러시아에 대한 대대적 반격이 계획되어 있었다. 하지만 그 사실을 아는 건 극히 일부뿐이다.

"그걸 어떻게……."

"후방에서 병력을 훈련시킨다. 그걸 과연 러시아만 생각하겠습니까?"

그건 우크라이나도 마찬가지다. 그리고 그걸 투입해야 하는 시점이 있기 마련이다.

"그리고 얼마 후에는 러시아가 추가적인 징병을 해서 투입하려고 하는데, 그렇게 되면 반격이 힘들어지죠."

원래 역사에서는 반격에 너무 많이 갈려 나간 러시아가 징병한 거지만 이제는 역사가 바뀌었다. 원래 역사처럼 밀고 들어가지도 못했건만 더 많은 숫자의 병력이 갈려 나갔기에 러시아로서는 선택지가 없었다.

"거기다가 미국에서도 반응이 심상치 않으니까요."

미국과 유럽이 우크라이나에 막대한 지원을 하고 있지만

그게 불만이 없을 수가 없다. 정치인들 입장에서는 러시아가 다음번에는 자신들을 노릴 가능성이 높기에, 어떻게든 러시아의 힘을 깎아먹어야 한다고 정치적 판단을 해서 지원하는 부분도 있지만 세금을 납부해야 하는 국민들 입장에서는 아무리 봐도 내 세금이 엉뚱한 곳으로 가는 느낌일 테니까.

아무리 우크라이나와 러시아를 선과 악의 구도로 포장한다고 해도 자기 돈이 나가는 걸 좋아하는 사람은 없다.

"국민들에게 지속적인 설득을 하기 위해서는 뭐라도 보여줘야 하거든요."

'우리가 돈을 허투루 쓰는 게 아니다. 우리가 쓴 돈이 실질적으로 우크라이나 해방을 위해 쓰이고 있다.'라는 증명이 필요하다.

"특히나 최근에 카진스키가 횡령했다는 주장을 하는 놈들이 엄청나게 늘었더군요."

"아닙니다!"

그 말에 요프젠은 펄쩍 뛰었다.

그렇잖아도 우크라이나는 그 부분에 대해 기겁하고 있다. 왜냐하면 미국이 그런 부패로 실패한 경우가 많아서 부패와 관련해서 정리되지 않으면 바로 손 뗀다고 협박하고 있었기 때문이다.

"저희는 부패한 놈들을 모조리 숙청했습니다. 심지어 대통령께서는 자신의 친구도 부패 혐의로 처벌하신 분입니다."

"물론 진실은 모르죠."

"하지만⋯⋯."

"아, 저한테 중요한 건 그게 아니죠. 중요한 건 그런 주장을 하는 놈들이 누구겠느냐 이거죠."

"네?"

"설마 그런 주장을 하는 놈들이 갑자기 반우크라이나 감정이 넘쳐 나서 그러겠습니까? 진짜로 막 우크라이나가 부패해서 죄다 빼돌리는 거라 믿고 그럴까요?"

그럴 수도 있다. 하지만 그것과 별개로 대부분의 경우는 정치적 목적이 있다.

"한국에서 쓰는 사자성어 중에 침소봉대라는 말이 있습니다."

침소봉대란 아주 작은 일을 크게 확대해서 말하는 걸 의미한다. 마치 침의 끝처럼 작은 일을 봉의 끝처럼 아주 크게 표현한다는 거다.

"그리고 거기에는 대부분 정치적인 목적이 있더군요."

그들이 과연 러시아가 학살한 우크라이나인에 대해 모를까? 강제로 병합해 버린 크림반도에 대해서는 모를까? 아니면 전쟁 때문에 죽은 수십만에 대해 모를까?

안다. 하지만 그들은 그러한 더 큰 문제 대신에 다른 쪽, 즉 카진스키의 횡령에 초점을 맞춤으로써 '러시아가 우크라이나를 지배하는 게 맞다.'라고 주장하는 거다.

"한국에서도 매번 터지는 일입니다. 모를 수가 없죠."

"후우…… 그렇군요."

"중요한 건 그거죠. 국민들이 전쟁에 염증을 느끼게 한다는 것."

'내 일이 아닌데 왜 우크라이나에 돈을 퍼 줘?'라고 생각하게 된다면 그런 정권에 대한 감정이 적대감으로 바뀔 테고, 정권이 바뀌면 당연히 지원은 끊기게 될 거다.

"그리고 그렇게 되면 러시아는 우크라이나를 집어삼킬 겁니다."

'그것도 통째로 말이지.'

체르덴코는 이번 전쟁으로 인해 엄청나게 큰 손해를 봤다. 러시아 경제가 박살 났고 자신의 지지 세력이 갈려 나갔다.

아직은 독재자로서 군부의 지원을 받고 버티고 있지만 그게 완벽한 건 아니다.

공식적으로 러시아는 투표를 통해 대표를 뽑으니까.

물론 그 투표라는 게 투표 인원이 140% 투표라는 대놓고 부정 투표라고 할지라도 최소한 자기 지지 세력이 없다면 그로 인한 반작용을 막을 수가 없다. 그런데 이 전쟁에서 지거나 이대로 끝난다면?

아마도 지지 세력이 모조리 이탈할 테고, 그러면 독재는커녕 자기 목숨 줄도 지키기 힘들어질 가능성이 크다.

'그걸 뒤집을 방법은 단 하나.'

바로 우크라이나를 점령하는 거다. 그것도 지금까지 점령한 지역을 흡수하는 정도를 넘어서 우크라이나 전부를 집어삼키는 것.

우크라이나는 현재 오로지 서방의 지원 하나로 버티고 있으니 그것만 끊을 수 있다면 그런 우크라이나를 흡수하는 건 어려운 일이 아니다.

그걸 알기에 구소련 소속 국가들이나 유럽 국가들이 일부 국민들에게 욕먹어 가면서도 지원하는 거다. 러시아라는 구 가가 제대로 싸우기 시작하면 그다음은 자신들이 될 가능성이 아주 높기 때문이다.

"확실히 저희도 그걸 걱정하고 있습니다."

"네, 그렇기 때문에 슬슬 우크라이나도 뭔가를 보여 줘야 합니다."

자신들이 그 돈을 허투루 쓴 게 아니다. 자신들은 우리 스스로를 지키기 위해 최선을 다하고 있다. 그걸 증명하지 못하면 지원이 끊어질 게 뻔하기에 우크라이나는 좋든 싫든 한 번은 대대적인 반격을 해야 한다.

"정보를 얻으신 겁니까?"

"아니요. 판단한 겁니다."

그 말에 요프젠 차관의 얼굴이 어두워졌다. 아무리 마이스터가 예측을 잘하고 정보력이 뛰어나다고 해도 이걸 이미 알고 있다면 러시아 역시 알고 있을 가능성이 크기 때문이다.

"생각보다 심각한 문제가 되겠군요."

"아마도 그럴 겁니다."

'실제로 원래 역사랑은 많이 바뀌었단 말이지.'

우크라이나의 1차 반격은 아주 큰 실적을 냈다. 러시아의 병력 부족, 사기 저하 그리고 함정과 거짓 정보가 효과를 발휘했기 때문이다.

애초에 러시아는 긴 전쟁을 예상하지 않았고, 투입된 병력들은 전쟁터에 끌려가는 게 아니라 훈련한다고 들었고, 그대로 전쟁터로 내던진 상황에서 보급도 그리고 훈련도, 무기도 충분하지 않았기에 1차 대반격 작전 당시에 제대로 된 방어가 불가능했던 것이다.

그랬기에 원역사의 첫 번째 반격 작전에서 우크라이나는 적지 않은 영토를 회복할 수 있었다.

'하지만 지금은 좀 애매하지.'

인적인 면에서는 바뀐 게 없다. 상황도 모르고 끌려온 러시아 병사들이 절대다수이고 그들의 사기는 바닥이다.

하지만 그런 와중에도 달라진 점이 있었으니 바로 러시아의 공세가 일찌감치 멈췄다는 것이었다.

원래대로라면 더 깊숙하게 밀고 들어가고, 보급이 길어지고 동시에 전선이 넓어지고, 전선이 더 많아지고, 그래서 더더욱 병력이 분산되어야 했다.

하지만 지금은 과거에서 밀고 들어온 것보다 훨씬 적게 들어왔고 공세 종말점도 일찍 왔기에 러시아군은 일찌감치 방어선을 고정하고 있었고, 당연히 그것 때문에 뚫고 나가는 게 쉬운 일이 아니었다.

전선의 상황도 달라졌으니까 당연히 계획도 달라져야 하지만 쉽지 않은 일이었다.

"그러니까 다른 방법을 써야지요."

"음…… 다 알고 계시니까 말씀드리자면 저희 쪽도 준비 중입니다만."

"네, 그러니까 하나 더 끼워팔기 하려는 겁니다."

"하나 더?"

"잠수함 필요 없습니까?"

"농담하십니까? 하지만 이제 와서 그게 가능할 리가 없지 않습니까?"

잠수함? 가지고 싶다. 하지만 일단 그걸 살 돈도 없고 동시에 그걸 운영할 능력도 안 된다. 아무리 서방에서 지원한다고 해도 잠수함은 안 준다.

잠수함은 서방에서도 최고가의 장비이며 그 은밀성 때문에 동시에 최고로 위험한 무기로 취급된다.

러시아가 서방 국가들에게 '무기를 제공하면 선전포고로 받아들이겠다.'라고 엄포를 놓고 있기야 하지만, 그렇다고 지금 당장 서방에 진짜 전쟁을 거는 건 아니다.

하지만 잠수함은 다르다.

잠수함은 그만큼 위험하고 또 운영에 오랜 숙련이 필요한 물건이다. 만일 잠수함을 지원한다면 그건 숙련된 진짜 서방 정규군의 참전을 의미하기에 확전을 피할 수가 없다.

"하하하, 오해는 하지 마세요. 제가 진짜로 잠수함을 팔 수는 없죠."

"그런데 왜 잠수함을?"

"잠수함이 아니라 반잠수정이라면 어떨까요?"

"네?"

"제가 은밀하게 구입한 게 좀 있습니다만."

그 말에 요프젠 차관이 쓰게 웃었다.

"의견은 감사합니다만 반잠수정은 저희가 쓸데가 없습니다."

반잠수정은 용량도 작고 동시에 무장도 없다시피 하다. 그걸로 배를 공격할 방법은 없다. 그걸 살 돈이 있으면 차라리 미사일을 사서 쏘거나 보트 형태의 드론을 운영하는 게 더 효과적이다.

반잠수정은 잠수함처럼 깊이 숨을 수 있는 것도 아니고 그렇다고 어뢰를 쏠 수 있는 것도 아니다. 그렇다고 반잠수정의 수송 능력이 필요한 것도 아니다.

어차피 모든 물자는 후방에서 들어오니 잠수함으로 가져올 수 있는 극소량의 물자는 의미가 없다.

"네, 저도 알고 있습니다."

노형진은 그 말에 고개를 끄덕거렸다.

"그리고 러시아도 그렇게 판단할 겁니다."

"그런데 왜?"

"하지만 반잠수정이라면 러시아 흑해함대를 피해서 움직일 수 있죠."

"물론 그러겠죠."

러시아의 흑해함대는 강력하기는 하지만 구형이다.

당연하다. 애초에 러시아 흑해에서 저항할 수 있는 나라가 없으니까.

개전 초기에 우크라이나가 러시아 흑해함대의 배를 침몰시키기도 했지만 그건 말 그대로 운이 좋아서 얻어걸린 거였다. 설마 우크라이나가 지대함 미사일이 있을 거라 생각하지 못했던 러시아 흑해함대가 아예 대공방어 시스템을 꺼 놨기 때문이다.

물론 지속적으로 우크라이나는 흑해함대를 대함 미사일이나 자폭 보트로 공격 중이기도 했다. 실제로 그래서 흑해함대가 적지 않은 숫자를 잃기도 했고 말이다.

"하지만 말씀드렸다시피 흑해에서 잠수정이 노릴 만한 표적도 없고……."

그때 노형진이 말을 끊었다.

"왜 없습니까?"

"네?"

"크림 대교가 있지 않습니까?"

그 말에 요프젠 차관은 멍하니 있다가 입이 쩍 벌어졌다.

크림 대교.

러시아가 빼앗은, 크림반도와 러시아를 이어 주는 다리로 러시아의 주요 공격로이자 현시점의 주요 보급로다.

"크림 대교요?"

"네, 그건 충분히 노릴 만하죠."

"하지만 크림 대교는……."

"네, 튼튼할 겁니다. 미친 듯이 튼튼하죠."

실제로 원역사에서 크림 대교가 공격받기는 했다. 하지만 그건 상판을 공격한 거지 기둥을 공격하지는 못했다.

그리고 러시아는 부서지지 않은 다른 쪽 상판으로 보급을 계속해서 애석하게도 사실상 크림 대교에 대한 공격은 실패했다.

현실적으로 보급 자체를 끊기 위해서는 금방 수리할 수 있는 상판이 아닌 아래 기둥을 박살 내야 하는데, 현재 우크라이나의 화력으로는 그게 불가능하다.

미사일에 맞아도 버틸 만한 힘을 가진 게 그런 거대 다리의 기둥이고 우크라이나가 사용하는 자폭 보트 역시 배는 몰라도 다리에 충격을 주기에는 부족하다.

"러시아는 크림 대교를 스무 가지 방법으로 방어하고 있죠. 그들도 아는 겁니다, 그곳이 얼마나 중요한지."

보병과 인공위성 그리고 러시아의 주장대로라면 훈련된 돌고래까지 이용해서 지키는 대상이 바로 크림 대교다. 하지만 절대다수의 방어 방법은 지상과 공중에서의 방어다.

"물론 해상도 감시합니다. 하지만 흑해함대는 한계가 명확하죠."

애초에 흑해함대는 주로 감시 대상이 날아오는 미사일과 특작 부대 정도다.

문제는 미사일로는 다리를 한 방에 무너트리기 위한 충격량이 부족하다는 거다.

'원래 역사에서도 우크라이나가 공격에 쓴 폭탄이 RDX 21톤인가 그랬지?'

하지만 다리 절반만 무너졌다. 왜냐하면 그런 외부적인 폭파는 그 파괴력이 거의 대부분이 외부로 날아가기 때문이다.

미사일도 그리고 자폭 보트도 같은 이유로 다리를 직접 공격해 봤자 힘이 부족한 거다. 아무리 미사일이라고 해도 21톤짜리 폭탄을 쓸 수 있는 건 미국 정도고, 그런 미국조차도 그걸 특수 폭탄으로 분류하니까.

특작 부대의 경우는 더더욱 힘이 부족할 수밖에 없다. 일단 해상을 감시하는 흑해함대를 피해서 어찌어찌 간다 한들 특작 부대가 소지할 수 있는 폭탄의 양은 한정적이고 그 양이면 다리 하나 기스 내는 것도 불가능할 거다.

"하지만 반잠수정이라면 어떨까요?"

"반잠수정이라면……."

"확실히 이야기가 달라질 겁니다. 아마도 충분한 숫자의 폭탄을 가져갈 수 있겠죠."

애초에 반잠수정이라는 놈 자체가 마약을 수십 톤 단위로 옮기기 위해 만들어진 것이다. 그런 만큼 적재량이 넉넉할 수밖에 없다.

"아니, 그걸 떠나서 반잠수정은 천공 장비와 천공할 만한 충분한 동력을 제공할 수 있습니다."

누군가는 묻는다, 그러면 특작 부대가 구멍을 뚫고 거기에 폭탄을 심으면 안 되냐고. 하지만 과연 그러한 거대한 다리를 지탱하는 다리가 사람의 힘으로 뚫릴까?

육상에 있는 작은 다리조차도 얼마나 튼튼한지 8톤 트럭이 짐을 가득 싣고 전속력으로 때려 박아도 부서지는 건 다리가 아닌 8톤 트럭이다. 하물며 크림 대교같이 바다를 가로지르는 기둥은 이루 말할 수도 없이 튼튼할 거다.

당연히 그걸 뚫기 위해서는 전용 장비가 필요하다. 그런데 고작 배터리 몇 개로 충분한 파워가 나올까?

그걸 위해서는 최소한 대형 발전기 또는 대형 전력을 공급할 축전지가 필요한데, 그건 절대로 특작 부대의 작은 보트에 실을 수 있는 무게가 아니다.

영화에서처럼 은밀하게 폭탄을 착 붙여서 터트릴 수 있는 건 그나마 상판에 옛날 나무 다리 정도지, 현재로서는 절대로 그런 작전으로 다리를 파괴하지 못한다.

실제로 우크라이나가 러시아를 침공할 당시에 침공로가

될 게 뻔한 다리를 파괴하려 했는데, 폭탄 설치가 너무 오래 걸리자 해당 다리에서 폭탄을 설치하던 병사가 탈출할 시간이 없다며 자폭을 선택한 일이 있을 정도로 현대의 다리는 무식하게 튼튼하게 만든다.

"그걸 부수기 위해서는 충분한 장비가 있어야 합니다."

"충분한 장비라……."

"네, 그리고 잠수함이라면 충분히 그걸 옮길 수 있죠."

문제는 우크라이나에는 잠수함이 없다는 거다. 일단 그걸 살 돈도 없을뿐더러 설사 산다고 해도 가져올 수가 없다. 왜냐하면 잠수함을 가져오기 위해서는 바다를 거쳐서 가져와야 하는데 유일한 통로를 터키가 막고 있기 때문이다.

터키에서는 어떠한 군사용 선박의 통행도 막고 있고 실제로 흑해함대의 손실로 인해 선박을 추가로 보급하러 왔던 러시아 함대가 터키가 해당 해역을 막아 버리는 바람에 결국 어쩔 수 없이 돌아가야 했다.

러시아 입장에서는 전선을 두 개로 늘릴 수도 없거니와 터키는 중립을 지키면서도 동시에 러시아에 드론을 팔아 주고 있기에 척지면 그 후부터는 전쟁 자체가 불가능해질 가능성이 커서 어쩔 수 없이 물러나야 했던 것.

중립이라지만 사실상 러시아 편을 들어 주고 있는 터키가 러시아의 군함의 진입을 막고 있는데, 우크라이나이 잠수함의 진입을 그냥 둘 리가 없다.

물론 잠수함이니 물속으로 은밀하게 들어오면 되는 거 아니냐고 물을지도 모르지만, 그 작은 해역에는 당연히 잠수함을 막기 위한 충분한 탐지기와 잠수함을 막기 위한 함정들이 깔려 있었다.

한국 사람들은 터키를 가난한 중동 국가라고 생각하지만 사실 터키는 전 세계에서 인정하는 군사 강국 중 한 곳이다.

그들은 심지어 한국의 K9 자주포의 기술을 이전받아서 거의 근접한 물건을 만들어 낼 정도의 기술이 있다.

아무리 기술을 이전한다 한들 기본 기술이 없다면 그걸 만드는 건 불가능하다.

"우리는 터키와 척지고 싸울 만한 능력이 안됩니다."

"네, 그래서 제가 반잠수정을 말하는 겁니다. 반잠수정은 철도나 비행기로 옮길 수 있습니다."

"철도로 말입니까?"

"네."

애초에 잠수함이 튼튼해야 하는 이유는 깊은 물속의 수압을 이겨야 하기 때문이다. 그리고 물속에서 폭뢰 등이 터진 경우도 감안해야 한다.

하지만 반잠수정은 그런 게 필요 없다. 깊어 봐야 10미터 이내 잠수가 한계다.

사실 반잠수정이라는 것 자체가 진짜 잠수함이라기보다는 물 바로 아래에서 움직이는 배라는 개념이기에 그렇게 큰 수

압에 대한 대응이 필요가 없다.

"하지만 그 정도만 해도 충분히 레이더나 시선에서 벗어나죠. 그리고 그 정도 기술은 말입니다. 애초에 그다지 뛰어난 기술도 아닙니다. 이 반잠수정을 가장 잘 써먹는 곳이 어디 같습니까?"

바로 브라질이나 남미 국가에 자리 잡은 마약 집단들이다. 그들이 아무리 지역에서 힘쓴다고 해도 잠수함은 전혀 다른 이야기다.

당장 브라질만 해도 그렇다. 치안이 개판이다, 사실상 갱단이 반군 수준이다, 밤은 갱단이 지배한다, 라고 떠들지만 그럼에도 불구하고 정부가 단단하게 버틸 수가 있는 건 아무리 갱단이 힘쓴다고 해도 탱크나 비행기 같은 하이테크 무기들은 손에 넣지 못하기 때문이다.

"그런 갱단들조차도 만들 수 있는 게 바로 반잠수정입니다."

그리고 그걸 어느 정도 완성한 다음 기차를 통해 우크라이나로 가져와서 완성하는 것은 어려운 일이 아니었다.

"하지만 그게……."

그 말에 요프젠 차관은 고민하는 눈치였다. 그도 그럴 게 조만간 대반격을 시작해야 하는데 그 후에 반잠수정이 와 봐야 큰 도움이 안 되기 때문이다.

"그래서 협상하자는 거죠."

"협상이라 하면……?"

"네 척 있습니다."
노형진의 말에 요프젠은 자리에서 벌떡 일어났다.
"사겠습니다!"

대반격의 서막

　우크라이나는 러시아에 반격을 해야 했다.

　할 수밖에 없었다. 그리고 그 서전을 어떻게 할 것인가에 대해 엄청나게 고민할 수밖에 없었다.

　그렇기에 그 상황에서 노형진의 제안은 몹시 매력적인 것이었다.

　"어떻게 생각하십니까?"

　카진스키는 진지한 얼굴로 물었다.

　노형진이 말한 반잠수정을 이용한 크림 대교의 붕괴 작전. 이게 성공한다면 러시아의 주요 보급로가 끊기기 때문이다.

　"저희가 공학자들을 만나서 이야기해 본 결과, '불가능한 건 아니다.'라고 하더군요."

"불가능한 건 아니다?"

"불가능한 건 아니다?"

"네, '다리에 구멍을 뚫을 수 있는 장비가 있다면'이라는 조건이 붙습니다만."

다리에 구멍을 뚫고 그 안에 충분한 폭약을 심을 수 있다면 교각을 날려 버릴 수 있다. 그리고 교각이 붕괴되면 상판은 의미가 없다.

"그리고 건설 관련자들의 말에 따르면 그렇게 다리가 무너지면 아무리 빨라도 복구에 1년은 걸릴 거랍니다. 그것도 저희가 방해하지 않는 조건하에서요."

"1년? 생각보다 짧군."

"애초에 크림 대교의 건설에 소요된 시간이 3년 남짓입니다."

그런데 일부가 무너졌는데도 불구하고 1년이나 걸리는 이유는 충격이 다리 전체에 영향을 준 경우 그 부분을 철거하고 새로 지어야 하는 문제도 있고, 설사 그게 아니라고 해도 무너진 잔해가 공사를 방해할 게 뻔하기 때문이다.

토목공사를 하려면 무조건 땅을 파야 하는데 그 땅을 무너진 수백 톤이 넘는 콘크리트 더미가 덮고 있을 테니 그걸 다 인양하는 게 우선이기 때문이다.

"물론 저희가 잘만 견제하면 전쟁이 끝날 때까지 막을 수 있을 겁니다."

다리야 드론이든 미사일이든 맞아도 그다지 큰 충격이 아니겠지만 공사하는 건 사람이니까. 공사하는 인부가 매일같이 죽어 나가면 아무리 러시아라고 해도 공사를 재개하지는 못할 거다.

"확실히 중요한 부분인데……."

특히나 철도가 다니는 다리만 무너트리면 크림반도의 러시아군은 완전히 고립되는 것이나 다름없다.

"그러면 일단 무너지고 나면 일거에 몰아붙여서 크림반도로……."

"아닙니다. 미스터 노의 말에 따르면 그건 하책이라는군요."

"하책?"

"러시아는 그걸 예상할 겁니다."

다리가 무너졌으니 당연히 그곳에 있는 병력은 고립된다. 거기다 보급도 끊어질 거다. 그렇다면 러시아의 선택지는 뭘까?

"남은 보급과 인원을 모조리 크림반도로 몰아넣을 겁니다."

"확실히……."

다른 진격 지점은 러시아와 직접 연결되어 있으니 보급이 가능하다. 그에 반해 크림반도는 보급 자체가 끊어진 셈이고 배를 이용해서 보급해야 하는데, 그게 비효율적일 수밖에 없다.

"다리가 무너지는 시점에 크림이 주요 공격로일 거라 판단하고 그곳에 병력과 물자를 몰아넣을 테니 차라리 주공은 육상 통로 쪽으로 하는 게 나을 겁니다."

"흠."

카진스키는 그 말에 한참을 고민했다. 그럴듯하게 들렸으니까.

물론 크림반도의 수복은 자신들의 가장 큰 꿈이다.

"대통령 각하, 크림의 수복은 분명 정치적으로는 큰 이득입니다만 장기적으로 보셔야 합니다. 현시점에서 크림을 수복하는 것은 불가능합니다."

인원은 부족하고 전선은 넓다. 아무리 우크라이나 전시 총동원령을 내렸다지만 숫자에게 밀리는 건 어쩔 수가 없다.

"미 정부에서도 그 계획이 성공한다면 크림반도 쪽을 고립시켜서 고사시키는 방법으로 제압하는 게 가장 좋을 거랍니다."

이미 흑해함대는 대단위 보급 능력을 상실했다. 화물선이 없는 건 아니지만 화물선을 징발한다는 것 자체가 러시아가 무너지고 있다는 의미이기에 러시아는 화물선을 징발하지 못한다.

설사 따로 고용하고 싶다고 한들 화물선의 선주들은 해외 기업이 절대다수라 응할 리가 없다. 실제로 흑해 내부에 화물선은 거의 없다.

그렇다면 러시아가 할 수 있는 최선은 딱 크림반도 내부에 병력이 굶어 죽지 않을 정도의 보급이 최선이라는 소리니 시간이 길어지고 지금처럼 흑해함대의 선박이 침몰하는 숫자가 많아질수록 결국 크림반도 내부의 러시아군은 고사될 수밖에 없다는 거다.

"미국도 가능성이 높다고 한다고요?"

"그렇습니다. 미국에서는 만일 시도한다면 충분한 숫자의 C4를 제공한답니다."

확실히 미국 입장에서는 손해 볼 게 없다. 미사일 한 발보다는 C4가 훨씬 싸니까.

"다만 조심은 해야 합니다."

"조심?"

"효과를 제대로 보기 위해서는 최소한 기둥 여덟 개 이상 부수는 걸 추천했습니다."

그냥 일반적으로 크림 대교라 부르지만 사실 거기에는 다리가 두 개 있다. 하나는 일반 차량용 다리, 다른 하나는 철도가 다니는 다리다.

그리고 물량의 절대다수는 철도를 이용한다. 물론 그렇다고 해서 차량용 다리도 무시할 건 못 되지만 일단 철도가 다니는 것만 막아도 큰 이득이다.

"한 번에 가능한 거요?"

"미스터 노가 제공한 자료대로라면 최대한 채운다면 최대 열여섯 개까지 가능합니다."

"그렇게나 많이?"

"내부 파괴용이니까요. 한 척당 기둥 네 개를 부술 수 있을 거라 예상하고 있습니다."

외부에서 터트린다면 그걸 다 모아도 기둥 하나 터트리는 게 고작이겠지만 그게 아니라 구멍을 뚫고 폭탄을 넣는 거라면 폭탄이 훨씬 적게 들어간다.

"열여섯 개라⋯⋯."

카진스키는 그 말에 한참을 고민했다. 그러다가 결국 마음을 굳혔다.

"노 변호사가 전쟁에는 다양한 방법이 있다고 했다죠? 이것도 가능한 방법 중 하나겠군요."

"맞습니다, 대통령 각하."

"거기다가 우리가 이걸 성공한다면 서방도 다르게 볼 거고 말이오."

반격 작전이 필요한 이유는 서방의 국민들에게 '우리는 싸우고 있다.'라는 걸 보여 주기 위해서다.

때로는 전쟁 그 자체보다 증명이 필요하다.

그리고 크림 대교의 붕괴는 그걸 증명할 수 있는 가장 확실한 수단이자 전략적으로 러시아에 핵폭탄급의 충격을 줄수도 있는 일이었다.

"그러면 그걸 진행하도록 합시다."

카진스키는 심호흡했다.

"그 반잠수정이라는 걸 한번 구해 보세요."

"네!"

그 말에 국방부 장관의 얼굴이 환해졌다.

"그러면 바로 병력에 대한 훈련을 시작하겠습니다."

그렇게 크림 대교에 대한 공격이 결정되었다.

⚖️

"괜찮겠어?"

노형진은 이 계획을 오랫동안 생각했다. 지난 역사를 봤고 그로 인해 얼마나 크고 많은 피해가 발생했는지 알기에 그걸 막기 위해 많은 방법을 구상했는데 그중 하나가 바로 크림반도에 붕괴였다.

"뭐가?"

"아니, 전쟁에 직접 개입하는 거 말이야."

"누가? 내가?"

"아니라고 생각하는 거야?"

"엄밀하게 말하면 아니지. 내가 개입한 건 너한테 투자한 거지."

"하여간 너도 미친놈이다. 세상에 반잠수정을 이따위로 쓸 생각을 하는 놈은 너뿐일 거다."

남상진은 어이없다는 듯 말했다. 애초에 노형진이 아무리 마이스터의 주인이라 해도 무기를, 그것도 반잠수정 같은 걸 직접 만들거나 제공할 수는 없었다.

하지만 남상진은 어둠의 세계의 무기 브로커고 그를 통해 반잠수정을 만드는 게 어려운 일은 아니었다. 실제로 그에게서 반잠수정을 산 게 처음도 아니고 말이다.

다만 이번에는 선주문 후판매 한 게 차이라면 차이였다.

"엄밀하게 말하면 그건 아니지. 애초에 반잠수정이 만들어진 목적이 은밀한 침투 아니었어?"

"하긴 그건 그렇지."

은밀하게 안으로 들어가서 타격하는 게 최초의 반잠수정의 목적이었다. 실제로 그걸로 화력지원 같은 건 불가능하니까.

"하지만 현대전에서는 아무도 그렇게 안 쓰잖아? 심지어 북한도 이제는 그렇게 안 쓴다고."

실제로 북한도 과거에는 반잠수정을 이용한 간첩 침투 시도가 있었지만 지금은 기술이 좋아져서 반잠수정을 쓸 일이 있으면 차라리 잠수함을 쓴다.

"알아. 그런데 우크라이나는 그럴 여건도, 능력도 안되잖아. 잠수함이면 뭐, 어쩔 건데? 가서 어뢰라도 쏠 거야?"

물론 반잠수정이라고 해서 어뢰를 못 다는 건 아니다. 하지만 그걸 설치하는 순간 돈은 미친 듯이 들어가고 반잠수정의 특성상 적의 대잠전에서 피할 길이 없다.

애초에 반잠수정은 적의 시선이나 피하는 정도지, 대잠전을 피할 능력이 없다.

"그리고 그게 중요한 거 아냐? 애초에 러시아 흑해함대가 대잠전 능력이 있는 것도 아니고."

정확하게는 극도로 제한되어 있다. 주변에 대잠전을 치러야 할 만한 나라가 없으니까.

그나마 있는 나라가 터키 정도인데 터키도 자기네 잠수함을 지중해에 배치하지, 흑해에 배치하지는 않는다.

"물론 러시아도 잠수함을 거기에 배치했다는 소문이 있기는 하지만⋯⋯."

확실히 그런 소문이 있기는 하다. 실제로 뉴스에도 나왔으니까.

"그게 약점이기도 해. 우크라이나는 잠수함은커녕 대잠 능력 자체가 없으니까."

그렇기에 아예 대잠 작전 자체를 안 하는 게 현실이다. 오죽하면 러시아 흑해함대의 기함이 '우크라이나는 당연히 지대함 미사일이 없다.'라고 생각해서 전쟁 중인데 방어 시스템을 꺼 놨다가 침몰했겠는가?

물론 지금이야 다들 이제 지대함 미사일의 존재를 알기에 대공 레이더를 켜 두겠지만.

"잠수함은 아니지."

잠수함은 없다. 그렇게 확신하기에 사실상 대잠 작전을 안 하는 게 바로 흑해함대다.

"너도 이미 알 텐데, 러시아 흑해함대 대부분은 사실상 자기네 항구로 돌아간 거?"

"그건 그렇지."

바다에서 지원하는 건 한계가 명확하다. 더군다나 지금 러시아는 있는 미사일을 닥치는 대로 쏴 버린 상황이라 공격 방법도 마땅치 않다. 지대지미사일이 없어서 지대공미사일을 개조해서 지대지미사일로 쓰는 게 현재 러시아군이고, 그런 상황에서 해군 미사일이 있을 리가 없으니 현재 흑해함대는 거의 대부분 자기 항구에 들어가 있고 소수의 수색함 정도만 남아서 크림 대교를 방어 중이었다.

"그리고 그런 수색함은 대잠 능력이 없지."

대잠 장비는 비싸고 최선 시설이다. 그리고 이 대잠 작전이라는 게 진짜 돈 먹는 하마다.

예를 들어 미국에서 쓰는 소노부이 같은 건 일회용이고 그걸 띄우면서 계속 주변을 감시할 수야 있지만, 아무리 천하의 미국도 그런 식의 대잠 작전은 안 한다.

일반적인 상황에서의 대잠 작전인 수중 음파탐지다.

"음파탐지가 애매하기는 하지."

레이더처럼 음파를 쏴서 돌아오는 걸 분석하는 건데 정작 반잠수정처럼 수면이 경계에 애매하게 떠 있는 경우 그 각도가 애매해서 찾기도 힘들다. 특히 파도 때문에 혼란이 더 심해진다.

그렇다고 레이더로 잡자니 레이더에서도 이 수면에 애매하게 떠 있는 반잠수정을 찾는 게 쉬운 일이 아니다. 그런 상황에서 아예 방심하고 대잠에 신경도 안 쓴다?

"그러면 뭐, 쉬운 거지. 그리고 내가 말한 대로 우크라이나가 다른 방식으로 혼란을 주면 더더욱 그러겠지."

가령 드론 공격 같은 걸로 한번 신경을 긁어 주면 사람들의 관심은 죄다 하늘로 향할 거다.

"내가 말하는 게 그게 아니라는 걸 알 텐데? 사실상 러시아를 직접 공격하는 거 아니냐 이거야."

"엄밀하게 말하면 아니지. 내가 나선 건 없잖아?"

물론 노형진이 이 반잠수정 제작 업자들에 돈 주고 반쯤 만들어 둔 건 사실이다. 이제 이걸 우크라이나로 가져가서 조립하면 끝이다.

"돈은 너한테 줬고 그걸 주문한 건 너지. 팔아먹은 것도 너고. 나는 그저 너한테 돈을 빌려줬을 뿐이고. 그마저도 아주 은밀하게 말이지."

실제로 러시아가 아무리 추적해도 나오는 건 노형진이 아니라 남상진일 거다.

"뭐, 덕분에 나도 적잖이 돈을 벌었지만 말이지."

반잠수정의 제작 비용은 싸지 않다. 특히 이번에는 단순 마약 운송이 아니라 폭탄과 다리에 구멍을 뚫어야 해서 충분한 출력의 엔진도 함께 쓴 덕에 무려 대당 가격이 100만 달러나 되었다.

그런데 노형진은 그걸 또 한 대당 300만 달러에 팔아먹었다. 무려 세 배나 남겨 먹은 거다. 심지어 그 과정에서 다리에 구멍을 뚫을 만한 파워를 가진 장비는 추가로 받아먹었다.

물론 그 돈을 내는 건 공식적으로는 우크라이나 비공식적으로는 미국이다. 미국 입장에서는 이게 성공하면 진짜로 수십억 달러를 아낄 수도 있었기 때문이다. 그렇기에 절대로 러시아는 노형진이 끼었다는 걸 알 수가 없었다.

"뭐, 러시아가 안다고 한들 어쩔 건데? 애초에 러시아는 외부에 영향력이 없다시피 한 상황인데?"

"그건 그렇지. 하지만 체르덴코가 얼마나 미친놈인지 너도 알잖아?"

"그런 식이면 너부터 죽어야 할걸. 아니, 너뿐만 아니라 전 세계 무기 상인의 절반은 죽여야 할 텐데?"

"뭐, 부정은 못 하겠네."

노형진의 조언에 따라 러시아의 우크라이나 전쟁에 대비한 죽음의 상인들은 넘쳐 났고, 그들은 지금까지 엄청난 이득을 챙길 수 있었다. 지금이야 미국에서 엄청난 물자를 제공하고 있지만 개전 초기만 해도 구소련제 무기만 운영할 줄 알았던 우크라이나군은 사용법을 익히는 과정을 생략하고 전선에서 당장 써먹을 수 있는 무기가 필요했기 때문이다.

그리고 그때 전 세계에서 있던 모든 무기 상인들은 재고 떨이 하다시피 해서 우크라이나에 구소련제 무기나 러시아제 무기를 팔아 치워서 돈을 번 뒤 그 돈으로 다시 엄청난 투자를 해서 우크라이나에 서방제 무기나 필요 물품들을 팔아 넘기고 있었다.

"어차피 이다음은 우크라이나 정부가 할 일이야."

"그건 그렇지."

"그런데 너는 뭐, 정보 없어? 네 말마따나 체르덴코는 제 정신이 아닌 것 같던데."

그 말에 남상진은 눈을 찡그렸다. 그러다가 기차에 올라가던 해체된 반잠수정을 걱정스럽게 보다가 말했다.

"핵."

"핵?"

"그래, 지금 체르덴코가 핵의 사용에 대해 고민하는 모양이야."

노형진은 그 말에 눈을 찡그렸다.

"핵 사용 가능성은 높지 않을 텐데?"

진짜 미치지 않고서야 핵을 사용할 수는 없다. 일단 우크라이나는 유럽 바로 옆이다. 그 말은 우크라이나에서 핵폭탄이 터지면 그때는 유럽이 바로 방사능으로 공격받는 꼴이라는 뜻이다.

그리고 핵 공격을 본 미국과 유럽이 미치지 않고서야 직접 참전을 안 할 리가 없다.

한 번 쓴 핵에 겁먹고 입을 닥치면 그다음부터는 조금만 수틀리면 '핵을 발사하겠다.'라고 운운하면서 지랄할 테니까.

당장 북한이 매일같이 그 지랄을 하지만 정작 쓰지 못하는 이유가 그거다. 핵을 한 발을 쏘는 순간 전 세계는 그 나라가 다시는 핵을 발사하지 못하게 하기 위해 나라 자체를 구석기 시대로 돌리려고 달려들 거다.

"알지. 하지만 말했다시피 미친놈이잖아."

"흠."

"그리고 그 나이대의 노친네가 판단력이 흐려지는 경우는 넘쳐 나고. 지금만 해도 그렇고."

"하긴."

나토의 가입을 막기 위해 침략한다? 상식적으로 말이 안 된다.

조금이라도 상식이 있는 사람들은 누군가가 위협받으면 자연스럽게 더 강한 누군가에게 기대서 보호받을 거라고 예상하는 게 어렵지 않다.

하지만 체르넨코는 다르게 생각했다. 자기가 그 나라를 침략해서 땅을 빼앗은 후에 그 나라가 나토에 가입하지 않을 거라 믿는 것도 제대로 된 판단력은 아니다.

물론 나토의 동진이 기본적으로 문제라고 주장하는 사람들도 있다. 하지만 그들이 애써 무시하는 게 있었으니 그건 바로 러시아와 체르넨코가 타국을 침략해서 그 나라의 영토를 빼앗았다는 것이다. 그것도 세 번이나 말이다.

조지아에서 한 번 싸웠고 그 과정을 통해 압하지야와 남오세티야라는 괴뢰국을 세웠다. 그리고 얼마 전까지도 투표라는 방식을 통해 두 나라를 러시아에 흡수합병 할 계획을 세우기도 했다.

그리고 우크라이나의 크림반도도 똑같이 힘을 빼앗아 독립 시킨 후에 바로 투표를 통해 러시아에 흡수통일을 시켜 버렸다.

그리고 이번이 벌써 세 번째 시도다. 한 번만 해도 주변 나 라들이 뒤집어질 행동을 세 번이나 반복하는데도 경계하지 않는다면 그 나라가 병신이다.

다른 나라들이 돈 퍼 주면서 우크라이나를 지원해 준 건 우크라이나가 예뻐서가 아니라 다음번에는 자기 나라가 전 쟁터가 되는 꼴을 막기 위해서다.

"문제는 체르덴코가 제정신인지 알 수가 없다는 거지."

권력이 강한데 제정신이 아니면 오판하게 될 테고, 그건 전 세계적인 전쟁이 될 수도 있다. 상식이 있다면 핵을 안 쓰 겠지만 제정신이라는 증거가 없다.

도리어 그간의 판단 실수를 보면 판단력 저하가 생겼다고 볼 수밖에 없다.

"흠, 핵이라는 건가?"

"그래, 그리고 크림 대교는 그놈의 눈깔이 돌아가기 충분 하거든."

남상진은 떨떠름하게 말했다. 그럴 만도 했다. 크림 대교 의 다른 별명이 바로 '체르덴코의 자존심'이기 때문이다.

크림반도를 빼앗고 최고의 지지율로 다시 대통령에 당선 된 체르덴코.

소련의 부활을 주장하며 그 시작을 알린 게 바로 러시아 입장에서는 크림의 수복이었고, 그 크림반도와 러시아가 연결된 크림 대교는 그러한 증명이었다.

그런데 그게 박살 난다? 그러면 농담이 아니라 체르덴코는 핵폭탄을 쓰겠다고 길길이 날뛰고도 남을 거다.

'확실히……'

노형진도 남상진의 말을 완전히 무시할 수는 없었다. 물론 현재까지는 핵폭탄을 쓰지 않고 있고 회귀 전에도 결국 핵폭탄을 쓰지 못했다.

그래서 일부에서는 '저거 아직도 핵폭탄이 있다고 믿는 건가?'라는 조롱이 있었다. 하지만 회귀 이전에는 크림 대교가 박살 나지 않았다. 공격받기는 했지만 상판만 좀 부서지고 나머지는 버텼고 그래서 단시간에 복구되어서 전황에 큰 영향이 없었다.

'그래서 그 당시에는 체르덴코의 자존심이 버텼다, 라는 말도 있었지.'

하지만 이번 계획이 성공한다면 확실하게 러시아는 꺾일 거다. 더군다나 이번에 투입되는 반잠수정은 네 척. 각각의 배가 다른 방향에서 각각 다른 기둥을 노릴 거다.

그렇게 되면 러시아는 더더욱 곤란해진다. 한 곳만 무너지면 그곳만 복구하면 되지만 네 곳이 무너지면 일단 접근하기 위해 한 곳을 수리해야 하고, 그곳이 수리되어야 장비나 차량이 다음 장소에 접근할 수 있으니까 자연스럽게 수리 기간이 오래 걸릴 수밖에 없다.

설사 중간에 흑해함대에게 발각된다 한들 한 척만 살아남아도 충분히 크림 대교를 못 쓰게 만들 수 있다.

'흠, 어쩌면 위험할지도 모르겠는걸.'

노형진은 그 생각에 왠지 기분이 싱숭생숭해졌다. 확실히, 거의 반쯤 미쳐 날뛰는 체르덴코가 뭔 짓을 할지 몰랐다.

"그건 내가 생각을 좀 해 보지."

"네가 해결 가능하긴 하고?"

"시도는 해 봐야지. 그나저나 저거 투입은 힘들어?"

"힘들기는. 저거 그냥 용접만 제대로 하면 그만이야."

그리고 아무리 우크라이나가 전쟁을 위해 남자를 닥치는 대로 끌고 갔다지만, 용접할 실력이 있는 사람은 무기 생산을 위해 안 데려갔다.

"그러면 조만간 작전이 이루어지겠네."

천천히 움직이기 시작하는 기차를 보면서 노형진이 작게 말했고, 남상진은 그런 노형진을 보며 걱정스럽게 중얼거렸다.

"부디 네가 진짜 핵폭탄을 터트린 게 아니길 빈다."

⚖

그렇게 우크라이나로 은밀하게 들어간 반잠수정은 모처에

서 극비리에 최종 완성이 이루어졌다. 반잠수정이고 수면에 들어갈 수 있는 깊이가 고작 5미터뿐이라 잠수함이라고 하기에는 성능이 부족했지만, 그럼에도 불구하고 해당 작전을 하게 된 사람들은 모든 희망을 그 작은 배에 걸고 몇 번이나 확인하고 확인해서 배를 완성했다.

그렇게 시간이 지나고 작전이 결행되는 날.

아무도 없는 부두에서 올렉시는 멍하니 바다를 바라보고 있었다. 아무것도 없는 어둠 속의 바다.

"뭘 보고 있나?"

"함장님."

"함장은 개뿔. 이 작은 배에 무슨 함장이야. 놀리냐?"

"그래도 배를 이끌면 함장 아닙니까?"

"놀리냐?"

팀장은 올렉스의 뒤통수를 후려치면서 담배를 물었다.

"미사일 날아옵니다."

"여기에 누가 미사일을 쏘겠니? 아무도 없는데."

"그렇기는 하죠."

"고향 생각하냐?"

"고향에 있는 여자 친구 생각합니다. 이번에 살아오면 꼭 청혼을……."

"야, 이 미친놈아. 아오, 저 주둥이를."

누가 봐도 클리셰 같은 소리를 하는 올렉스를 흘긴 팀장은 허공으로 길게 담배 연기를 내뿜었다.

"이틀 동안 다리 네 개다. 가능하겠어?"

"해야죠."

잠수함도 아니고 반잠수정이다. 인원도 부족했기에 선발된 여섯 명은 승조원이자 작업 요원이자 전투 요원이었다.

그나마도 최대한 욱여넣은 게 그 정도였다. 더 이상 넣으면 폭탄이 부족해지고, 더 빼면 작업 시간이 부족해진다.

계획은 간단했다. 이틀간 밤에만 작업한다. 하루에 두 개씩. 그리고 탈출 후에 무선으로 폭탄을 터트리는 것.

성공하면 러시아의 크림반도를 향한 보급이 끊어지는 거고, 실패하면 다 죽는 거다.

극비리에 실행하는 작전이기에 누구의 환송도 없었다. 심지어 우크라이나 정부에서도 오지 않았다. 말 그대로 누구도 이들이 떠나는 걸 보지 못할 길이라는 거다.

"가자."

마지막 담배를 태운 팀장이 빈 담뱃갑을 바다로 던지며 말했다.

"체르덴코한테 화끈하게 선물 좀 보내 주자고."

⚖️

올렉시의 팀은 러시아에서 우크라이나로 향하는 작전구역

첫 번째를 담당하기로 했다. 그리고 노형진의 예상대로 러시아 순찰선은 물속에 있는 잠수함을 알아차리지 못했다. 애초에 탐지기조차도 안 켜 둔 채로 그냥 바다에 둥둥 떠다니고 있었던 것이다.

"다행이라고 해야 하나."

대략 1킬로미터 떨어진 곳에서 스쳐 지나가는 러시아군의 순찰선을 보며 팀장은 흐르는 땀을 닦았다. 반잠수정의 성능은 뻔하기에 작은 배라도 자신들을 발견하면 끝이었다.

잠항 도주? 애초에 잠항이라고 해 봐야 최대 깊이가 5미터. 그나마도 잠망경을 포기했을 때가 5미터고 지금같이 잠경이라도 올려서 주행하려면 3미터가 끝이었다.

그 깊이는 아슬아슬하게 물속이 비쳐 보이는 깊이라서 누군가가 직접 물속을 살피기라도 하면 안 걸릴 수가 없었다.

"저 멍청한 놈들이 수중 탐지기 안 켜고 다니는 것 같지?"

"애초에 있기나 할까요? 저거 엄청 오래된 건데요?"

"하기야 그렇다. 저거 구소련 시절 경비정이지?"

"네."

흑해함대는 다른 러시아 함대에 비해 대우가 박하다. 어쩔 수 없다. 주변에 저항할 만한 나라가 없으니까.

그렇다 보니 배들의 수명이 엄청나게 오래된 게 일반적이었다. 당장 흑해함대의 기함이었던 배도 1978년에 만든 놈이니까.

강한 놈이기는 하지만 현대전에 맞진 않았다. 그리고 다른 배들도 딱히 상황이 좋은 것도 아니었다.

"하긴, 어떤 미친놈이 이딴 걸 타고 여길 나오겠냐 싶기는 한데."

팀장도 어이없다는 듯 주변을 둘러보며 중얼거렸다.

여기저기 흉측하게 드러난 용접의 흔적들.

서두르다 보니 깔끔하게 용접하고 뒷마무리를 한 게 아니라 그냥 일단 물만 안 새도록 마감한 수준이라 용접의 흔적이 벽마다 둥그런 모양으로 구분되어 있었다.

"이거 물 새는 거 아니지?"

"안 샙니다. 벌써 스무 번째 물어보세요."

"물이 새는 느낌이야."

그는 한숨을 푹 쉬며 조타수 역할을 하는 부하에게 말했다.

"제대로 몰아라. 하마터면 걸릴 뻔했잖아."

"잠망경으로 주변 감시는 함장님이 하고 계시잖아요."

"함장 아니라니까."

팀장은 그렇게 투덜거리면서 올렉시를 툭 쳤다.

"교대하자."

"벌써요?"

"눈깔 빠지겠다."

"네."

올렉시는 그렇게 답하면서 잠망경을 잡았다. 이제 가는 동

안 배들을 피하는 건 그의 책임이었다.

"얼마나 걸릴까요?"

"앞으로 한…… 네 시간?"

예정대로라면 저녁 9시쯤 도착할 거다. 그리고 밤을 이용해서 밤새도록 타공 작업을 해야 할 거다.

"다른 팀이 잘해 줘야 할 텐데요."

"잘할 거야, 우리처럼."

그 말에 올렉시는 대답하지 않았다. 그 대신에 잠망경을 돌려 보면서 주변을 계속 감시할 뿐이었다.

콘크리트에 구멍을 뚫는다는 것은 절대로 쉬운 일이 아니다. 더군다나 그 안에 철근이 잔뜩 들어 있다면 더더욱 힘들다.

그래서 다들 하룻밤 사이에 두 개의 기둥에 폭탄을 설치하는 게 가능할지 걱정했다. 하지만 다행히 이번에 신은 올렉시 팀의 편이었다.

"이걸 체르덴코의 보살핌이라고 해야 하냐, 은총이라고 해야 하냐?"

"그러니까요."

최악의 경우 일단 보급의 주력인 기차가 다니는 다리만 파괴하고 차량용은 놔두는 것도 플랜 B로 세워 놨다. 대용량으로 나르는 기차만 없어도 보급은 차질이 세워지니까.

그런데 체르넨코 아래서 일하는 놈들은 너무 러시아스러웠다.

"철근이 예상보다 3분의 1 정도 비는 것 같은데?"

"3분의 1? 야, 내가 보기엔 한 절반은 빈 것 같은데?"

당연히 내부에 꽉꽉 차 있어야 할 철근이 상당히 많이 비어 있었던 것.

그래서 원래대로라면 그 빡빡한 철근 사이를 비집고, 상황에 따라서는 산소용접기로 그걸 끊어 가면서 폭탄을 박아 넣어야 했는데, 각도만 잘 잡으면 철근을 끊을 필요 없이 충분한 깊이까지 폭탄을 박아 넣을 수 있었다.

물론 아무리 그래도 C4 서너 개로 날려 저릴 정도는 아니기에 꾸역꾸역 폭탄을 박아 넣었고, 그들은 새벽이 다가오자 다급하게 다시 반잠수정으로 모여들었다.

그리고 그들이 들어오자마자 반잠수정은 다리 사이의 좁은 공간으로 몸을 감췄다.

"잘될까요?"

콘크리트 먼지를 잔뜩 뒤집어쓴 올렉시는 문득 걱정이 들었다. 지금까지는 운이 좋았다지만 과연 내일 밤은 어떨 것인가?

"별이 없겠지."

팀장은 이제는 한결 공간이 나는 반잠수장에 아예 누워서 중얼거렸다.

"어차피 모레 밤이면 결판 나니까 다들 자 둬. 여기서 뭐 할 수 있는 것도 없잖아? 아, 담배 땡긴다."

"팀장님은 여기서 살아서 나가도 폐렴으로 죽을 겁니다."

"그래도 좋으니까 여기서 살아서 나갔으면 좋겠다."

다들 그 말에 고개를 끄덕거렸다.

⚖️

그리고 다음 날 저녁도 별문제는 없었다.

애초에 늦은 밤 다리 근처로 오는 러시아군 선박은 없었고, 설사 멀리서 움직인다고 해도 구형의 탐조 등으로 비추면서 다녔기에 다가오는 걸 모를 정도는 아니었다.

깊은 밤의 강한 파도는 모터의 진동과 드릴소리를 감춰 줬기에 그들은 별문제 없이 폭탄을 심을 수 있었고, 하루를 더 숨어 있다가 늦은 밤 아무도 없는 틈을 타서 천천히 다리에서 멀어졌다.

그리고 어느덧 다리가 저 멀리에서 빛을 반짝거릴 때 폭파병인 올렉시는 버튼을 누르고 심호흡했다.

"후우."

"그거 눌렀는데 안 터지면 넌 뒈지는 거야. 알았어?"

"올렉시, 네 군 생활이 거기에 달렸다."

멀리 떨어진 곳에서 들리는 선임들의 이죽거림에 올렉시는 이를 박박 갈았다.

'씨팔, 내가 어쩌다 폭파병을 해 가지고.'

여기서 버튼을 눌렀는데 안 터진다는 것은 자신이 실수했다는 거고, 그 말은 다시 가서 폭탄을 설치해야 한다는 거다.

그런데 비슷한 시각에 폭탄을 터트리도록 약속되어 있으니 경계가 최고조로 올라갈 것이다. 당연하게도 그건 자살이나 마찬가지니 임무 실패로 보고 돌아가는 수밖에 없었다.

"잘했습니다. 네. 잘했을 거예요, 아마도."

올렉시는 자신 없게 중얼거렸고 팀장은 그의 손에서 격발 장치를 탁 낚아챘다.

"보면 알겠지."

그렇게 다리를 바라보는 팀원들.

그리고 그렇게 얼마나 지났을까. 올렉시는 불안한 생각에 팀장을 바라보았다.

"팀장님?"

"응?"

"저…… 실수한 거 아니죠? 아닌 거라고 말씀해 주세요, 제발."

분명히 예정된 시간이 지났다. 그런데 다리는 폭파는커녕 여전히 환한 빛을 내뿜고 있었다. 그 말은 폭탄 설치에 실패했다는 소리였다.

"아, 실수 아니야. 내가 안 눌렀어."

"네? 아니, 왜요? 팀장님, 빨리 갑시다."

"불안하다고요. 이러다가 러시아 놈들이 온다니까요."

당연히 다른 병사들도 빨리 터트리자고 아우성이었다. 그러자 그런 팀원들을 향해 팀장이 비릿하게 웃었다.

"새끼들. 그러니까 너희들이 팀원이고 내가 팀장인 거야."

"네?"

"기다려 봐."

"뭘 기다리는…… 응?"

그 순간 저 멀리에서 다른 불빛이 달려오는 게 보였다. 그리고 그게 뭔지 알아차린 사람들은 눈을 크게 떴다.

"이 시간에 꼭 화물열차가 지나가더라. 이 시간에 크림으로 여객 기차가 지나가지는 않을 테니까 답은 하나뿐이겠지."

"보급 열차."

"그래, 어차피 날려 먹을 거라면 보너스 하나쯤 괜찮잖아? 카메라 좀 꺼내 봐라. 우리도 전쟁 영화 하나 찍어 보자."

그 말에 선원 중 누군가가 카메라를 꺼내서 다리를 최대한 줌 해서 찍기 시작했고, 팀장은 열차가 기둥에 근접하는 순간 그대로 버튼을 눌렀다.

쾅!

천지를 울리는 폭발 소리. 그리고 한순간 빛이 다리 아래쪽에서 번쩍거리더니 다리가 주저앉기 시작했다.

영화처럼 화려하게 터지면서 사방으로 파편이 비산하지는 않았다. 하지만 그 대신에 폭발력은 확실하게 기둥 내부를 박살 내면서 안을 뒤집었다.

그리고 그대로 상판이 휘청거리기 시작했다. 특히 기차가 있던 기차용 대교는 무너지는 충격에 엄청난 기차의 무게까지 더해지자 말 그대로 폭삭 주저앉았다.

"와우~."

다들 그 장면에 다들 입을 쩍 벌렸다. 화려하지는 않았지만 확실하게 알 수 있었다. 크림 대교가 무너졌다.

"가자."

팀장은 그대로 몸을 돌렸다.

"훈장 받으러 가자."

저 멀리에서 은은한 폭음이 연달아 들려오기 시작했다.

압박의 흐름

"뭐?"

체르넨코는 자신의 귀를 믿을 수가 없어서 되물었다. 하지만 보고가 달라지지는 않았다.

"어젯밤 크림 대교 네 곳이 무너졌습니다. 우크라이나 특작 부대의 소행으로 보입니다."

쾅!

"무슨 개소리야! 크림 대교가 무슨 케이크인 줄 알아! 특작 부대 몇 명이 와서 폭탄을 붙인다고 터져 나가게!"

"그게……."

부하 역시 당혹스러울 수밖에 없었다. 그들 모두 토목 전문가는 아니지만 일반적인 특작 부대들로 크림반도의 대교들을 부술 수 없다는 것 정도는 안다.

그걸 부수기 위해서는 미국에서 자랑하는 벙커 버스터급의 폭탄이 필요하다. 그런데 미국의 벙커 버스터는 일단 외부에 주는 폭탄도 아니고 애초에 그 비싼 놈으로 네 곳을 동시 타격한다는 건 말도 안 된다.

더군다나 말이 네 곳이지, 기둥은 열여섯 개다. 그 말은 최소 벙커 버스터를 열여섯 개나 썼다는 건데, 미국이 미치지 않고서야 그런 짓을 할 리가 없다.

"조사 중입니다만……."

하지만 조사한다고 한들 나올 리가 없다. 애초에 모든 흔적은 폭발과 함께 날아갔고 아주 작은 흔적마저도 물속으로 가라앉았다.

물론 조사하다 보면 폭탄이 터진 거라는 건 알 거다. 아니, 조사 안 해도 폭탄이라는 걸 알 거다. 문제는 '어떻게?'라는 거다.

도대체 어떻게 우크라이나 놈들이 여기까지 온단 말인가? 러시아 입장에서는 미치고 팔짝 뛸 일이었다.

"복구해!"

체르덴코는 당장 길길이 날뛰기 시작했다. 그곳이 없으면 크림반도를 지킬 수 없다. 그리고 크림반도를 잃는다는 것은 자신의 최대 치적이 사라진다는 뜻이다.

"무슨 수를 써서라도 복구해! 무슨 수를 써서라도!"

체르덴코가 극도로 흥분해서 날뛰는 모습에 부하들은 복구에 최소 1년이 걸릴 거라는 말을 차마 할 수가 없었다.

우크라이나의 크림 대교의 폭파. 그건 전 세계에 큰 충격을 줬다.

그리고 그간 발전이 없는 상황에 염증을 느끼고 있던 다른 나라들이 다시 한번 관심을 가지는 기회가 되었다.

오죽하면 카진스키가 노형진을 직접 만나러 올 정도였다.

비록 상황이 상황인지라 노형진이 우크라이나의 후방으로 가서 만나는 형식이었지만 그만큼 크림 대교의 폭파는 전 세계에 강력한 충격을 줬다.

"노 변호사님 말씀대로입니다. 완전히 러시아 놈들이 박살 났습니다, 하하."

"네. 하지만, 아시죠? 이번 작전은 두 번은 못 씁니다."

"알고 있습니다. 잠수함도 아니고 반잠수정으로는 한계가 명확하니까요."

러시아가 조사하면 분명 우크라이나가 잠수정을 이용했다고 확신하게 될 거다. 배는 발견되지 않았고, 지상으로는 접근 불가능하며 공중에서는 날아온 게 없으니까.

물론 어떻게 잠수함을 구했는지는 모르겠지만 그래도 일

단 반잠수정으로 다시 다리를 타격하는 건 불가능했다.

"하지만 다른 방법은 가능할 겁니다."

"다른 방법이요?"

"네, 직접 갈 필요가 없지 않습니까? 애초에 반잠수정에는 충분히 드론을 실을 수 있습니다. 물론 좀 개조해야 하고 그 후에는 물속에 못 들어가겠지만요."

"아하!"

자폭 드론은 사거리가 수십 킬로미터다. 그래서 러시아도, 우크라이나도 쓰고 있다.

그걸 적당한 위치까지 접근해서 날려 보내서 재건 작업 중인 러시아를 공격하면 재건은 물 건너가는 거다.

매번 공격받을 때마다 상판이 날아갈 테고, 그걸 다시 잘라 내고 복구하기를 반복해야 할 테니까.

거기다가 작업을 위한 장비가 거기에서 터져서 움직이지 않게 된다면 그걸 치우는 것도 한세월일 거다.

"드론을 거기까지 날리는 방법을 연구하던 참이었는데 말이죠."

하지만 반잠수정을 이용하면 그 문제를 깔끔하게 해결할 수 있다.

물론 그걸 흑해함대가 발견해서 격추하거나 할 수도 있고 추적해 올 가능성도 분명 존재한다. 그러나 아무리 흑해함대라고 해도 망망대해 어디서 드론이 날아올지는 알 수 없다.

설사 수색한다고 해도 드론 때문에 잠수를 못 하는 거지 드론 발사대는 잠수할 수 있다. 그 후에 정비를 좀 하기는 해야겠지만 말이다.

"그리고 흑해함대의 순찰선의 대공 화망 능력은 사실 뻔하죠."

그런 순찰선들을 먼저 드론으로 제압한 후에는 안전하게 다리를 공격할 수 있게 된다.

물론 구축함급의 대형 함선을 드론으로 어떻게 해 본다는 건 턱도 없는 소리지만 순찰선 정도는 충분히 어떻게 해 볼 만하다.

"좋은 생각이군요."

카진스키는 마음에 드는 작전이라는 듯 고개를 끄덕거렸다.

"그리고 말씀하신 대로 러시아군이 모두 크림반도로 모이고 있습니다."

"그럴 거라 예상했습니다."

보급이 끊어지면 있는 보급 물자를 아껴서 써야 한다. 그런데 그 보급 물자를 흩어 두면 당연히 소비도 많아지고 그걸 통제하기도 힘들어진다.

당연히 보급이 끊어지면 부대장 입장에서는 모아서 통제하고 효율적으로 사용하려고 할 수밖에 없다.

설사 그게 아니라고 해도 부대의 규모가 커지면 적들은 선불리 덤벼들지 못해서 보급품의 소모가 줄어들기에 한정된 보급품을 가지고 모여드는 건 어찌 보면 당연한 거다.

"거기다가 지금 러시아는 주공이 크림이라 생각할 테니까요."

그러니 어떻게든 물자와 병력을 모아서 방어하려고 할 거다. 물론 진짜 주공은 반대다.

"하지만 아시죠? 이제 러시아가 미쳐 날뛸 겁니다."

노형진의 말에 카진스키는 고개를 끄덕거렸다.

"남상진 씨에게 이야기를 들었습니다. 아마도 핵을 본격적으로 쥐고 흔들 거라고 하더군요."

"네, 그리고 그 때문에 새로운 전략이 필요합니다."

물론 체르덴코가 진짜로 핵을 쓰기는 힘들다. 하지만 마냥 무시할 수는 없다.

"저도 공감합니다만."

카진스키는 노형진의 말에 한숨을 쉬었다. 자신이 체르덴코를 통제할 수는 없으니까.

더군다나 크림 대교가 박살 났고 얼마 후에 있을 대반격 작전이 성공하면 아마도 체르덴코는 더 미쳐서 날뛸 거다.

"그러니까 다른 방법을 써야죠. 그를 통제할 수 있는 방법이요."

"중국에 핵우산을 요청하는 건 힘드실 겁니다."

이미 한번 써먹었고 결국 중국은 사실상 핵우산을 포기했다. 정확하게는 아무런 말도 안 했지만 대답을 안 한 것 자체가 핵우산을 제공하지 않겠다는 의미이기에 중국 정부의 이미지는 박살 난 지 오래였다.

그렇다고 미국이 핵우산을 제공하지는 않을 거다. 그랬다가는 진짜로 핵전쟁이 터질 테니까.

"그렇다고 반격 작전을 하지 말라는 말씀은 아니실 거라 믿습니다."

"그럴 리가요. 협박범은 절대 멈추지 않지요."

만일 이번에 핵으로 위협해서 결과가 나온다?

그러면 러시아는 백번 천번 계속 협박할 거다. 그랬기에 우크라이나의 반격 작전은 도리어 이루어져야 한다.

"다만 다른 방법을 써야 한다는 거죠."

"다른 방법?"

노형진은 씩 하고 웃었다.

"원래 절박한 사람은 무슨 방법이든 다 쓰려고 하지 않습니까? 후후후."

⚖

그리고 노형진의 예상대로 체르덴코는 다시 한번 핵을 무기로 꺼내 들었다.

"추가적인 지원을 한다면 유럽을 핵으로 싹 다 지워 버리겠다!"

문제는 그 대상이었다.

과거에는 아무리 핵 위협을 한다고 한들 그 대상은 우크라이나였고, 누가 봐도 핵 위협 자체가 의미 없는 협박에 가까웠다.

그랬기에 미국이나 유럽 등지에서 체르덴코를 무시하고 지원을 계속하는 것이 가능했던 거다. 핵을 쓴다는 것 자체가 거짓된 위협이라는 걸 알고 있었기 때문이다.

하지만 이제는 이야기가 달라졌다.

일단 위협 대상이 유럽이었다. 그간 우크라이나를 대상으로 한 위협이 아니었다. 그리고 유럽을 핵으로 공격하는 경우 미국도 당연히 반격할 수밖에 없기에 미국 입장에서는 이걸 무시할 수가 없었다.

사실상 전 세계 3차대전을 하겠다는 의미니까.

물론 말로만 그렇게 한다면 또 지랄한다고 코웃음을 쳤을 거다. 그런데 이번에는 말로만 그러지 않았다. 왜냐하면 다음 작전이 제대로 러시아의 뒤통수를 쳤기 때문이다.

크림반도가 주공이라 파악한 러시아군은 다급하게 크림으로 몰려들었고, 동시에 그나마 여유가 있는 모든 장비를 크림으로 빼 버렸다. 그리고 그러한 상황에서 우크라이나는 완벽하게 뒤통수를 쳤다. 남부에 위치한 크림이 아니라 텅 비어 버리다시피 한 북부를 밀고 들어가기 시작했던 것.

크림 대교의 붕괴라는 충격에 제대로 된 판단을 하지 못하고 있던 러시아군 입장에서는 말 그대로 멘탈이 날아가는 일이었고, 그 상황에서 미리 준비한 작전들—가령 풍선으로 만든 위장 장비의 대량 배치 그리고 마이스터에서 개발한 인간형 위장 장비의 배치—이 러시아군에게 주공의 방향을 완전히 속이면서 북부 쪽이 완전히 무주공산이 되어 버린 것.

자신의 자존심이 무너지고 속았다는 사실에 체르덴코는 눈이 거의 반쯤 뒤집어졌고 결국 극단적으로 반응하기 시작했다.

"그러니까 지금 러시아에서 진짜로 벨라루스로 핵무기와 병력을 배치하고 있다는 겁니까?"

"일단 병력은 불확실합니다만 핵무기 자체는 배치한 모양입니다."

"이런 미친 새끼가!"

빌 웨이든은 숨이 턱턱 막혔다. 자신의 대에서 이런 일이 벌어질 거라는 것도 부담스러워 죽겠는데 이 미친놈이 핵까지 배치한다니.

"요구 조건이 뭐래요?"

"모든 지원 차단 그리고 우크라이나의 무조건적인 항복이랍니다."

"무조건적인 항복이라고요?"

"네, 아예 이참에 우크라이나를 통째로 집어삼키기로 했나 봅니다."

"미친 새끼."

그럴 만하다. 원래 계획은 아마도 우크라이나에 괴뢰정부를 세우고 투표든 뭐든 조작을 통해 러시아에 흡수하는 방식을 이용했을 것이다.

하지만 그러기에는 너무 많이 죽었고 너무 많이 피해를 입었다. 그 상황에서 체르덴코가 자신의 자리를 지키기 위해서는 어떻게든 우크라이나를 집어삼켜야 한다.

"핵을 쓸 가능성은?"

"높지 않습니다."

"말이 달라졌잖습니까!"

다른 것도 아니고 핵이다. '높지 않습니다.'라고 방심할 수 없는 물건이다.

지난번에는 '높지 않습니다.'가 아니라 가능성이 없다시피 했다. 그런데 이번에는 높지 않습니다, 라니?

"이번에 체르덴코가 너무 크게 연달아서 두들겨 맞았습니다. 이번 일로 단순히 그의 자존심만 상한 게 아닙니다."

러시아가 우크라이나의 침략을 자꾸 특별 군사작전이라고 폄하하는 데에는 다 이유가 있다.

처음에는 침략을 전쟁이 아닌 작전이라고 표현해서 자기들이 강하다고 어필하는 것이 목적이었다.

그런데 거기에서 지면서 엄청난 피해가 발생하고 세계적으로 고립되어서 내부가 개판이 되어 가고 있다.

이것이 법이다

그러다 보니 이제는 피해 규모를 줄이기 위해서 역으로 '특별 군사작전으로 인한 부수적인 피해일 뿐이다.'라고 폄하하고 있었다.

현시점에서 전쟁으로 인한 피해를 발표하면 정권 유지는 커녕 러시아 내부에서 혁명이 터질 수도 있기 때문이다.

"그런데 이번에 세 번, 아니 네 번을 거의 연달아 두들겨 맞았습니다."

원래 역사에서는 좀 시간을 두고 터졌던 일들 사이에 원래 없었던 일이 끼어들면서 체르덴코의 멘탈이 완전히 박살 났던 것.

우선 징병.

원래 역사에서도 있었던 징병이지만 이번 생에서는 이미 노형진이 노동자라는 이름으로 러시아에서 많은 청년들을 빼돌리는 바람에 인원 부족으로 제대로 징병되지 않아서 러시아군과 경찰은 마치 한국 6.25전쟁 때처럼 길거리에서 젊은 남자들을 닥치는 대로 끌고 와야 했다.

"러시아의 징병이 상당히 잘 안 되나 보군요."

"애초에 한국으로 빠져나온 사람들이 너무 많습니다. 미스터 노의 말대로 러시아 사람들을 한국에서 노동력으로 흡수한 게 천 번의 전투에서 승리한 것보다 러시아에게는 더 큰 피해를 주고 있습니다. 그리고 그로 인해 러시아 내부에서 반발도 심하고요."

원래 징병할 때는 젊은 세대를 끌고 가야 하는데 그 젊은 세대가 없으니 결혼한, 그래서 처자식까지 있는 사람들을 강제로 길거리에서 끌고 가는 바람에 내부에서 체르덴코에 대한 적대감이 상당하다는 것.

"더군다나 징벌 부대도 제대로 운영이 안 되는 모양이더군요."

"그러겠죠. 지휘관들이 죽어 나가는데 제대로 굴러갈 리가 없죠."

그리고 교도소 죄수들에 대한 모병 또한 원래 역사와 달리 사실상 자기편 모가지를 따고 다닐 거라고는 생각도 못 했고, 크림 대교 역시 원래 역사에서는 공격을 버텨 냈으나 이제는 재건도 빨라야 1년.

지금처럼 드론으로 장비가 접근하는 족족 박살 난다면 무기한이라는 복구 기간이 걸릴 일은 없었다.

이런 상황에서 이번에 우크라이나의 대반격은 체르덴코의 인내심을 거의 한계로 몰아붙인 상황이었던 것이다.

"최악의 경우 진짜로 핵을 쓸지도 모릅니다."

"그러면……."

"미친. 체르덴코에 대한 분석이 이렇게 틀린단 말입니까?"

"물론 분석이 틀린 건 아닙니다."

실제로 미국의 분석력은 세계 최고다. 그럼에도 불구하고 이번에는 너무 변수가 많았다.

물론 그 변수를 감안 못 할 정도는 아니다. 하지만 그랬기에 무시할 수가 없는 거다.

"체르덴코의 성격과 무모함을 생각하면 그는 전 세계를 불지옥에 빠트리는 일이 있어도 절대로 권력을 놓을 인간이 아닙니다."

"으음……."

그 말에 빌 웨이든은 신음을 흘렸다.

자신이 보기에도 그렇다. 소위 말하는 '체르덴코 타임'.

국제회의에서 무조건 늦게 들어오는 게 바로 체르덴코의 방식이다.

남들을 기다리게 함으로써 상대방보다 자신이 우위에 있다고 느끼게 하고 싶은 거다.

그런 자존심 강한 놈이 네 번을 연달아 두들겨 맞았으니 당연히 가만있을 리가 없다.

"그러면 어떻게 해야 한다고 생각합니까?"

"그게……."

"말을 해 보세요."

"더 지원해야 합니다."

"미친 겁니까? 아니면 오로지 강대강뿐이라는 겁니까?"

"아닙니다, 각하. 저희 분석의 결과입니다."

"분석의 결과? 말해 보세요."

"체르덴코는 자존심이 강합니다. 그리고 강대국을 이끌던 자입니다. 그렇지만 용의주도한 자입니다. 핵무기로 저희가 물러나면 전 세계를 다 지배할 때까지 휘두를 겁니다."

"누가 그걸 몰라서 물어요?"

"반대로 그는 살아날 구멍이 있는 한 절대로 핵을 사용하지 않습니다."

"살아날 구멍?"

"그렇습니다."

"어디 말이오?"

"중국입니다."

"아!"

만일 체르넨코가 진짜 몰락한다고 해도 중국은 그를 받아줄 거다. 그가 가진 막대한 재산뿐만 아니라 막대한 정보 때문이라도 말이다.

실제로 지금 중국은 전 세계 몰래 러시아에 막대한 무기를 지원해 주고 있다. 그걸 알면서도 중국이라는 나라가 전 세계 2위의 경제 대국이기에 어쩔 수 없이 모른 척하고 있는 게 현실이었다.

"그러면 그냥 계획대로 진행하면 그만 아니오?"

"물론 그냥 말로만 했다면 아닙니다. 문제는 지금 러시아가 실제로 벨라루스에 핵을 배치했다는 겁니다."

"흠……."

"단순 위협이 아니라 실제로 쓰기 위한 목적으로 보이지는 않습니다만 그 내부에 다른 목적이 있어 보입니다."

"다른 목적?"

"벨라루스를 제2전선으로 쓰려고 하는 것 같습니다."

"그거야 초창기부터 있었던 얘기고."

한때 한국에서 소위 장모님의 나라라 불렸던 벨라루스. 그 말을 번역하자면 백러시아다. 사실상 러시아가 세운 첫 번째 괴뢰 국가가 벨라루스라고 불릴 만큼 철저하게 친러시아적이다.

아니, 친러시아를 넘어서 벨라루스는 오로지 러시아만 바라본다. 알려지지 않았을 뿐 벨라루스의 대통령도 독재자이고 그는 러시아로부터 모든 지원을 받으며 국민들을 억압하고 있다.

"그래서요?"

"다른 식으로 생각하셔야 합니다."

"다른 식?"

"핵이 벨라루스의 참전의 대가일 수도 있습니다."

그 말에 빌 웨이든의 얼굴이 굳었다.

"그게 무슨 말이오? 핵이 참전의 대가라니. 우리도…….”

"네, 저희도 핵을 다른 나라에 은밀하게 배치하기도 했습니다만."

실제로 미국은 전 세계에 핵을 은밀하게 배치해서 러시아나 중국의 침공을 막으려고 한 적도 있었다.

그런 이유로 실제로 한국에도 핵이 배치된 적이 있었다.

물론 전략핵은 아니고 전술핵이었지만 그마저도 지금은 모두 뺀 상태.

"우리가 전술핵을 배치한 데에는 러시아의 서진을 방어한다는 목적이 있었습니다."

"그런데?"

"하지만 벨라루스가 과연 나토의 동진을 막을 이유가 있습니까?"

"없군."

나토는 애초에 자기방어 목적으로 뭉친 집단이다. 당연하게도 함께 러시아나 벨라루스를 침략할 이유가 없다.

물론 러시아는 동진하지 말라고 지랄하지만 여기서 동진이 뜻하는 것은 정치적인 동진이지 군사적인 동진이 아니다. 그리고 엄밀하게 말해서 러시아가 말하는 동진의 원인은 다름 아닌 러시아다.

왜냐하면 애초에 나토가 만들어진 이유가 구소련과의 전쟁에 대비하기 위함이기 때문이다.

그래서 나토에 가입하기 위해서는 가입국 전원의 동의가 필요하며, 또한 어떠한 분쟁 상황도 아니어야 한다.

이미 교전 중인 상황에서 가입을 승인하는 것은 전쟁터에 끌려가는 꼴이기 때문이다.

그런데도 불구하고 구소련 출신의 국가들이 계속 가입하거나 희망하는 이유는 간단하다.

바로 러시아가 자기들을 집어삼키려 하기 때문이다.

사람들이 착각하는 게 있는데 나토와 유로는 다르다는 거다.

일부에서는 나토에 가입해서 본 경제적 이득 때문에 그런 거라고 말하기도 하는데, 나토에 가입한다고 해서 유로에 자동 가입되는 것도 아니고, 설사 나토에 가입한다고 해도 나토가 그들을 지켜 주진 않는다. 기본적으로 나토는 공동 대응이지 무료 보호 시스템 같은 게 아니니까 당연히 러시아와 가까이 있는 나라들은 적지 않은 돈을 투자해서 강력한 군대를 양성해야 한다.

전쟁이 터지면 자기네 땅이 가장 먼저 불타오를 걸 알면서도 나토에 가입하는 이유는 간단하다. 러시아가 진짜로 자국을 먹을 거라 생각하기 때문이다.

"확실히, 벨라루스가 핵을 가지고 있을 이유는 없지."

"더군다나 벨라루스는 지금 러시아의 눈치를 보면서도 참전은 꺼리고 있습니다."

"그건 그렇지."

실제로 러시아가 벨라루스에 참전을 요구하는 건 전쟁 초기부터 계속되어 왔지만 정작 벨라루스의 대통령은 눈치를 보면서 거부하고 있다.

그도 아는 거다, 참전했다가는 전 세계에서 자기가 표적이 된다는 걸.

더군다나 벨라루스의 군사력은 뻔하다. 모든 독재자들이

그렇듯 그 군사력이 사라지면 대통령 자신이 위험해진다.

군사력이 강한 러시아야 상관없다지만 벨라루스의 군사력은 빼는 순간 수도가 비어 버린다.

더군다나 체르덴코가 벨라루스군을 진짜로 제대로 써먹을까? 자기네 국민마저 대포밥으로 보내는 인간이?

"그렇기에 벨라루스가 참전하지 않으려는 겁니다."

"흠."

"즉, 이번 핵의 배치에는 아마 두 가지 목적이 있을 겁니다."

진짜로 핵을 쏠 수 있다는 위협, 다른 하나는 벨라루스에 대한 압박.

"체르덴코가 미치지 않고서야 핵의 통제권을 벨라루스에 넘겨주지는 않을 테니까요."

"최강의 블러핑이라는 거군요."

"맞습니다."

빌 웨이든은 그 말에 한참을 침묵을 지켰다.

확실하게, 지금 전 세계의 분위기는 한 방에 역전당했다.

우크라이나가 크림 대교를 무너트리고 반격에 성공한 순간 사람들이 '그래도 우크라이나가 이기고 있나 보다.'라고 생각하게 된 것이다. 그랬기에 우크라이나에 지원하는 것에 대한 불만이 조금 줄어들었다.

그러나 그러던 차에 핵 협박이 시작되자 분위기는 크림 대교 붕괴 이전보다 더 안 좋아졌다. 기존에는 그저 예산의 문제지만 이제는 자기들 머리 위로 핵폭탄이 터지게 생겼으니까.

"후우~."

그 말에 빌 웨이든은 한숨이 절로 나왔다.

이 시점에서 가장 좋은 방법은 아마도 분석대로 더더욱 강력하게 밀어붙이고 더더욱 강력하게 지원해 줘서 러시아에서 오판을 못 하게 하는 것일 터다.

"하지만 지지율이……."

솔직히 빌 웨이든의 지지율은 좋다고 볼 수가 없었다. 왜냐하면 미국의 엄청난 자산을 자국의 전쟁도 아닌데 소모하는 것처럼 보이기 때문이다.

우크라이나가 반격에 성공하면서 조금은 올랐지만 국민들의 특성상 조금만 지나면 다시 질린 모습을 보이면서 지지율이 폭락할 거다.

국민들이 궁극적으로 원하는 건 자신들이 잘 먹고 잘 사는 거지, 다른 나라의 전쟁을 지원하는 것이 아니다.

"그래서 방법은?"

"그게 문제입니다."

일거에 뒤집을 수 있는 마땅한 방법이 없다. 그 사실을 알기에 미국 입장에서도 머리가 아픈 일이었다.

계속 지원하자니 한계가 명확해서 유럽도 별로 안 좋아할 거다. 그렇다고 지원을 끊자니 러시아가 바로 우크라이나를 먹어 버릴 테고.

체르덴코의 성향상 구소련 영토에 대한 끊임없는 확장을 시도할 텐데 구소련 영토 중 일부는 이미 나토 국가.

즉, 3차대전 확정이라는 거다.

그냥 지금 상황을 유지하자니 선거에서 지고 나면 대통령이 바뀔 텐데, 다음 대선에서 가장 강력한 후보는 아이러니하게도 지난 대통령인 도널드 올드먼이다.

그리고 그는 철저하게 미국 우선 고립주의를 표방하기에 바로 우크라이나에 대한 지원을 끊을 것이다. 실제로 지금이라도 지원을 끊어야 한다고 목소리를 높이고 있다.

당연하게도 손을 떼는 순간 러시아는 우크라이나를 집어삼킬 거다.

그리고 거기서부터 문제가 되는 게, 도널드 올드먼의 특성상 러시아가 유럽을 침략하든 말든 신경도 안 쓸 거라는 거다.

실제로 유로와의 관계를 거의 파탄 직전까지 몰고 간 게 도널드 올드먼이었고, 그게 원인이 돼서 중국이 힘을 키우고 미국에 이를 드러냈다.

"그렇게 되면 아마 전 세계가 군비 경쟁…… 그것도 극단적 군비 경쟁 시스템으로 굴러가게 될 겁니다."

체르덴코가 진짜 유럽을 침략할지는 모른다. 사실 이번에 벌어진 전쟁의 결과를 보면 안 한다기보다는 못한다고 봐야 한다. 러시아에서 이번에 소비된 장비와 인력의 보충에 못해도 10년은 걸릴 거라 보고 있으니까.

문제는 러시아-우크라이나 전쟁으로 유럽에서 이미 군비 경쟁이 촉발되었는데, 극단적 미국 우선주의와 고립주의를 표방하는 도널드 올드먼이라면 유럽은 '미국 놈들은 믿을 수 없다. 믿을 건 우리뿐.'이라고 외치며 스스로 무장을 키울 거라는 거다.

"멍청한 올드먼 새끼."

빌 웨이든은 그렇게 욕할 수밖에 없었다. 왜냐하면 그는 오로지 돈만 생각하는 기업인이기 때문에 제대로 된 판단을 못 할 가능성이 크다는 거다.

유럽과 손절치면 유럽은 자체 무기로 무장하려고 할 거다. 여차하면 미국 무기는 안 쓰려고 할 테니까.

그러면 미국의 핵심 산업 중 하나인 군수산업이 박살 날 거다. 실제로 미국의 거대 군수 기업 중 하나가 도널드 올드먼의 임기 중에 파산할 뻔하기도 했다.

경쟁도 경쟁이지만 보급도 중요한 상황이기에 그렇게 한 번 반미 시스템으로 무기 시스템이 구축되면 유럽은 미국제 무기를 안 쓰게 될 테고, 그 후에 미국의 군수산업은 아예 재기 불능이 될 가능성이 크다.

은밀하게 유럽의 군수산업을 꺾기 위해 미 정부가 얼마나 많은 노력을 했는데 그걸 다 날리는 거다.

아니, 군수산업은 그렇다고 치자. 만일 미국에서 '너희가 뒈지는 거 알 바 노.'라고 하면 유럽에서 뭐라고 할까? 당연히 '응, 그러면 우리도 핵무장.'이라고 할 거다.

영국과 프랑스도 핵무장을 한 상태인 데다가 러시아도 핵으로 위협해서 원하는 결과를 챙겼다면 더더욱 그 속도가 빨라질 거다.

심지어 중국이 핵우산을 대놓고 무시하는 상황인지라 이제는 핵우산에 대한 믿음마저도 박살 난 상태.

"미치겠군."

빌 웨이든 입장에서는 최악을 피하기 위해 차악을 피해야 하는데, 차악을 선택할수록 몰락으로 향하는 방법뿐이라는 거다.

즉, 빨리 죽냐 천천히 죽냐의 차이라는 사실에 그는 할 말이 없었다.

"각하, 노형진에게 물어보는 게 어떨까요?"

"미스터 노 말이오? 그 사람이 왜?"

"이번 계획은 모두 그의 머릿속에서 나온 거 아닙니까?"

"설마?"

"이 상황도 예측했을 가능성이 큽니다."

누구도 신경 쓰지 않는 반잠수정을 이용한 크림 대교의 폭파, 그리고 그 후에 이루어진 반격까지 노형진은 다 예측하고 모든 준비를 마쳤다. 심지어 그 반격 때 쓸 무기들까지 잔뜩 쌓아 두고 있었다.

그 말에 빌 웨이든은 소름이 돋았다.

"설마 이 상황을 해결할 방법이 있다는 소리입니까, 그 작자에게?"

"어쩌면……."

물론 '어쩌면'이다. 하지만 무시할 수 없는 가능성이다.

"노형진이라……."

마치 모든 걸 예측하고 모든 걸 컨트롤하는 듯한 남자.

동방의 작은 변호사에서 전 세계적인 흑막 같은 존재가 된 남자.

"후우~."

빌 웨이든은 한숨을 푹 쉬었다.

"만나 보는 수밖에 없겠군."

현재로서는 그에게 선택지가 없었다.

전 세계를 대상으로 한 블러핑

　노형진은 은밀하게 다시 미국을 찾았다. 그리고 그곳에서 빌 웨이든을 만나 미소 지으며 말했다.

　"아무래도 우크라이나 때문에 머리가 아프신가 봅니다."

　"이번에 너무 성공해서 말이오."

　빌 웨이든은 쓰게 웃으며 답했다.

　실제로 너무 성공했다. 그리고 그게 체르덴코를 너무 크게 자극했다.

　"물론 우크라이나 입장에서야 반갑겠지만."

　국제적 입장에서 미쳐 날뛰는 체르덴코, 아니 국민들이 곤란한 일이었다.

　"차라리 체르덴코는 어떻게든 찍어 누르면 그만이지만."

전쟁에 대해, 그리고 막대한 지원에 대해 싫은 티를 내기 시작하는 국민들에게 국가가 할 수 있는 건 별로 없었다.

'벌써부터 그래서는 안 되지. 원래 역사에서는 얼마나 개판이었는데.'

노형진은 그런 빌 웨이든을 보면서 속으로 피식 웃었다.

실제로 현재 우크라이나에 들어간 돈은 원래 역사에 비해 20% 이상 줄어든 거였다. 드론과 터렛이 생각보다 큰 효과를 발휘하고 있었기 때문이다.

과거에는 무조건 미사일을 써야 했던 것도 이제는 일찌감치 투입한 종이 드론을 이용해서 공습이 가능했기에 전쟁 초기의 미친 듯한 미사일 소모가 좀 덜했다. 물론 포탄이야 어쩔 수 없지만 말이다.

"그런데 저를 부르셨다니, 제가 뭔가를 알 거라고 생각하시는가 보군요."

"그럴 가능성이 높을 것 같은데. 솔직히 지금 상황도 당신이 만들어 낸 거고."

심지어 미국조차도 '크림 대교에 대한 공격은 현시점에서 의미가 없다.'라고 생각했는데 그걸 완벽하게 무너트린 사람이 노형진이니까.

"더군다나 조만간 러시아에서 징집된 병사들이 투입될 텐데."

그 상황에서도 아직도 전 세계적으로 이런 분위기가 계속되고 있다면 우크라이나가 밀릴 수밖에 없다.

그리고 그건 미국도 원하는 바가 아니다. 그런 모습이 보이는 순간 부정적 여론은 더 심해질 테니까. 원래 전쟁에서 지기 시작하면 반전 여론은 더더욱 심해지기 마련이다.

"그리고 정책의 연속성을 위해서도 현 상황은 반갑지 않고 말입니다."

'정책의 연속성이라……'

노형진은 그 말에 피식 웃었다. 그 말은 자기가 한 번 더 대통령이 되기를 원한다는 뜻이었다.

'하긴, 빌 웨이든이 무능한 건 아니지.'

그저 타이밍이 지랄 같았을 뿐이었다.

코델09바이러스로 인한 극심한 인플레, 러시아-우크라이나 전쟁으로 인한 식량의 부족과 전 세계적인 혼란, 중국의 반기, 그리고 미국의 세력권에서 벗어나려고 하는 수많은 나라들까지.

'도널드 올드먼보다야.'

도널드 올드먼은 코델09바이러스에 대해 제대로 된 대응도 하지 못했다. 대통령이라는 작자가 SNS에 대고 '코델09바이러스는 존재하지 않는다. 이 모든 게 음모다.'라고 떠들지 않나, 마이스터에서 백신이 최초로 개발되었을 때 '마이스터에서 개발한 백신은 물백신이다.'라는 발언부터 시작해서 '마이스터는 코델09바이러스의 존재를 이미 알고 있었다. 그런데 감춘 거다.'라는 발언까지, 제멋대로 떠들어 댔다.

'내가 그걸 듣고 어이없어서. 뭐, 하나는 맞혔지만.'

그 이유가 무척이나 어이없는데, 그렇게 떠든 이유가 자기가 소유한 제약 회사가 코델09바이러스의 백신을 개발할 시간을 벌기 위해서였던 것.

물론 그건 계획대로 진행되지 못해서 나중에야 어찌어찌 백신이 나오기는 했지만 너무 서둘러서 나오는 바람에 마이스터에서 나온 백신보다 훨씬 부작용이 심했기에 결국 사장되다시피 했다. 그게 나올 때쯤이 이미 충분한 백신이 공급되던 시기니까.

그나마 노형진이 코델09바이러스에 대해 아는 건 사실이지만 그걸 터지기도 전에 떠들어 봐야 믿는 놈들도 없을 테고, 역으로 그게 문제 되어서 '네가 뿌린 거 아니야?'라고 떠들게 뻔하기에 조용히 있던 거다.

실제로 코델09바이러스의 최초 발생지인 중국에서는 '중국의 발전을 두려워한 미국이 고의적으로 중국에 뿌린 거다. 원래 코델09바이러스는 미국이 발생지다.'라고 떠들기도 했으니 미리 경고했으면 아마 진짜로 배후로 의심되었을 거다.

'어찌 되었건 도널드 올드먼이 다시 대통령이 되는 건 골치 아프지.'

더군다나 도널드 올드먼의 성격상 노형진이 미다스라는 걸 알게 되면 어떻게든 그걸 이용해 먹으려고 하거나 하다못해 재산을 빼앗기 위해 복수할 가능성이 크다.

그가 미국 대통령을 할 당시에 서로 협조한 경우도 있지만 그보다는 서로 뒤통수를 친 경우가 많으니까.

그나마 다행인 건 빌 웨이든은 정치와 경제에 선을 그어 둘 생각이라는 거다. 하지만 도널드 올드먼은 본인 스스로가 사업가고 그렇잖아도 코델09바이러스로 인해 그의 사업이 많이 무너진 상황이라 쓸데없는 욕심을 부릴 가능성도 무시 못 했다.

"좋습니다. 단, 모든 것은 기브 앤드 테이크라는 거 아시죠?"

"역시나 알고 있었다는 거군요."

빌 웨이든은 노형진의 말에 긴 한숨을 내쉬었다. 그러더니 고개를 끄덕거렸다. 노형진에 대해서도 이미 예상되었으니까.

상대방이 진짜 아무런 능력도 없는 불쌍한 약자라면 모를 까, 대가를 지급할 능력이 있다면 불쌍하다고 공짜로 해 주는 사람이 아니라는 걸 알고 있었기에 이미 적당한 대가를 준비한 상황이었다.

"우크라이나의 재건에 한국 기업들을 투입시키도록 하죠."

"글쎄요? 우크라이나가 동의할까요?"

"물론 직접적으로는 안 하겠죠."

한국은 공식적으로 중립을 지키면서 우크라이나에 최소한의 인도적 지원만 할 뿐이었다. 노형진이 은밀하게 도와주고 있지만 그건 노형진이 도와준 거지 한국이 도와준 게 아니었다.

"그러니까 하청 형태로 들어가야지요."

어차피 우크라이나 기업들의 경우는 재건할 능력이 안된다. 그리고 미국이 막대한 지원을 했으니 당연히 미국이 들어갈 테고 그걸 막을 수는 없다.

그러니까 하청하면서 지원해 주겠다는 것.

하지만 노형진은 그 말에 단호하게 거절했다.

"저 붕어 아닙니다."

"무슨 말씀이신지?"

"저는 한국에 건설업체가 없습니다."

한국에서 건설업은 대기업이라면 다 가지고 있는 기업이다. 그렇다 보니 온갖 거품이 끼어 있어서 노형진은 건설업에는 뛰어들지 않았다. 당연히 우크라이나 재건에 한국 건설사를 투입해 봐야 노형진에게는 돈이 안 된다.

"하지만 그만큼 영향력을 가지는 거 아닙니까?"

"일회용이겠죠. 그리고 제게 영향력이 부족하다고 생각하십니까?"

당연히 부족하지도 않을뿐더러 그건 한 번 쓰면 다시는 써먹을 수가 없다. 이미 들어간 기업더러 나가라고 할 수는 없으니까.

"그러면 달리 원하는 게 있습니까?"

빌 웨이든은 떨떠름한 얼굴로 말했다.

"마음 같아서는 일본에 있는 F35 수리 센터를 한국으로 옮기라고 하고 싶습니다만."

"그건 불가합니다."

그건 불가능하다. 왜냐하면 미국이 단순히 일본이 좋아서 선택한 게 아니기 때문이다.

일본은 바다 건너에 있어서 함대를 통해 상륙하기 전에는 공격에 한계가 있다. 그리고 한국에 비해 주요 적이라고 할 수 있는 북한이나 중국으로부터 멀다.

그렇다 보니 방어에 더 유리하고 전쟁 발발 시 한국보다 더 오래 버틸 수 있기에 일본을 선택한 거다.

그걸 대통령 마음대로 뒤집을 수는 없다.

"그래서 마음 같아서는, 이라고 하는 겁니다. 그게 불가능하니 다른 걸 요구해야지요."

"다른 거라면?"

"한국 정부를 압박해서 드론 사령부 하나 만들어 달라고 하세요."

"드론 사령부?"

"네, 한국 장군들 대가리에는 똥만 가득 차 있더라고요."

"아아~ 무슨 소리인지 알겠습니다."

한국의 장군들에게 병사들은 노예 그 이상의 의미가 없다. 그래서 병력이 부족하네, 인구가 줄어드네 해서 진짜 인원 부족이 코앞으로 다가왔지만 장군들은 현대전 대신에 과거의 방식대로 인원을 갈아 넣는 걸 선호한다.

당장 우크라이나에서 막대한 드론 대전이 벌어지고 있는

데도 한국의 장군들은 '그딴 거 장식이야. 악과 깡으로 돌격하면 이길 수 있어!'라는 개소리를 아직도 지껄이고 있고 드론 투입을 꺼리고 있다.

물론 겉으로는 '드론이 국군의 미래다.'라고 외치지만 정작 예산이나 대우는 '드론보다는 사람이 싸지.'라는 본심을 유지하고 있다.

"사실 이유는 아시죠?"

"알고 있죠."

"슬슬 조져 놔야 하는데 말이죠."

"무슨 뜻인지 알겠습니다."

드론이 미래전의 핵심인 걸 아는데도 준비는커녕 눈 가리고 귀 막고 악악거리는 이유는 간단하다.

현시점에 드론의 공급처는 크게 중국과 한국 그리고 인도다. 그런데 중국산은 러시아에 공급되는 것만으로도 부족한데다 대놓고 드론에 통제 프로그램을 심어 뒀다 보니 아무리 장군들이 똥별이라지만 구매하자는 소리는 못 한다.

결국 한국에서 구매할 수 있는 곳은 인도와 한국에 있는 마이스터 드론 공장인데, 그중 인도의 공장은 지금 우크라이나에 팔아먹느라 정신없다. 그에 비해 한국은 아직은 미래전에 대비하는 유럽에 팔아먹으며 수익을 내고 있지만.

'정작 한국에서는 하나도 안 사고 있단 말이지.'

이유는 간단하다. 뇌물을 안 주니까.

지금 장군들은 자기들에게 뇌물을 주면서 드론을 팔아먹을 업체를 기다리느라 악착같이 모른 척하고 있는 거다.

실제로 뇌물을 받기 위해 하이패스 테스트 당시에 방해전파를 쏘는 걸 구경만 한 게 한국의 높은 분들이니까.

'병신이란 말이지.'

노형진이 과연 그딴 업체가 살아남는 걸 보고만 있을까?

아니, 그럴 리 없다.

차라리 경쟁을 통해 진짜 마이스터의 장비를 이긴다면 순순히 물러날 수도 있다.

하지만 뇌물로 드론을 산다? 그러면 그 물건의 수준은 뻔하다. 방탄복으로도 장난치는 상황이니 가만 두고 볼 수는 없다.

문제는 그 사실을 장군들도, 정부도 알 거라는 거다.

그런 놈들이 과연 '마이스터와 비벼 볼 만한 좋은 물건을 만들자.'라고 생각할까, 아니면 '뇌물 주고 한 방에 납품하고 폐업할 거니까 똥 쓰레기를 팔아먹자.'라고 생각할까?

당연히 후자다.

그리고 노형진이 그 꼴을 못 두고 볼 테니 현실적으로 지금 상황에서는 백년 천년이 지나도 한국군은 절대로 제대로 된 드론 부대를 창설하지 못한다.

"마이스터가 공급할 모양이군요."

"네, 일단 사령부가 없으니까. 입으로만 떠들지 정작 제대로 된 시스템도, 책임자도 없으니까요. 저희가 압박한 뒤에도 일 안 하면 모가지를 날려 버릴 생각입니다."

지금 장군들이 드론을 모른 척하고 악을 쓰면서 무시할 수 있는 건 '책임자가 없다.'라는 핑계 때문이다.

당연하게도 못 만드는 게 아니라 안 만드는 거다. 만들면 책임져야 하는데, 그러면 뇌물 받을 때까지 못 버티니까.

"그 정도는 어려운 게 아니군요. 하지만 이해가 안 되네요. 한국 대통령이랑 미스터 노는 각별한 관계로 알고 있는데요?"

"그래서 더더욱 제가 직접 대통령 각하께 부탁을 못 드리는 겁니다."

"아아아~."

현시점에서 드론 사령부가 만들어지면 선택지는 사실상 마이스터뿐일 테니까. 그러니 대통령이 말하기 애매한 거다.

"혹시나 부정 청탁이 될까 조심하나 보군요."

"맞습니다. 자신이 있다는 것과 별개로 과정을 개시하는 건 또 다른 문제거든요."

미국의 압박으로 드론 사령부가 창설된다면 그때는 객관적인 성능과 가격으로 심사에 임하면 된다. 지금 가장 큰 문제는 아예 뇌물을 줄 때까지 차일피일 사령부 창설을 미루는 국방부니까.

그런 노형진의 부탁에 빌 웨이든은 그냥 헛웃음이 나왔다.

"미국 대통령을 압박 수단으로 쓰는 건 당신뿐일 겁니다."

"쓸 수 있는 건 다 써야지요. 그게 변호사입니다."

"그렇다면 도와드리죠."

"좋습니다."

"그러면 우리는 뭘 어떻게 해야 합니까?"

"사실은 이미 대응책을 준비해 왔습니다."

"벌써 말입니까?"

"다 알고 있으니까요."

노형진의 말에 빌 웨이든은 쓰게 웃었다. 노형진은 그런 그에게 품에서 뭔가를 꺼내서 건넸다.

"읽어 보시면 됩니다."

"이걸 읽어 보면 된다고요?"

빌 웨이든은 천천히 그걸 읽기 시작했다. 그리고 얼굴이 창백해졌다.

"미친 겁니까?"

"미치지 않았습니다만?"

"지금 이걸 가져오고 안 미쳤다고요? 이게 무슨 내용인지 몰라서 묻습니까?"

"알고 있습니다. 우크라이나의 핵무장, 정확하게는 핵 구입에 관련된 내용이죠."

"이걸 우리가 용납할 것 같습니까?"

"아뇨. 용납 못 하죠."

노형진은 어깨를 으쓱했다.

지금 노형진이 건넨 건 다름 아닌 우크라이나의 핵무장에 대한 의견서. 정확하게는 카진스키가 빌 웨이든을 상대로 작성한 '우리가 파키스탄에서 핵폭탄을 사고 싶다.'라는 의견서였기 때문이다.

"이걸…… 지금 나한테 가져온 이유가 뭡니까? 우크라이나에서 손을 떼라는 겁니까?"

"아니요, 천만에요."

"그런데 이걸 왜 주장하는 겁니까?"

"주장이 아니라 블러핑을 하자는 겁니다. 전 세계를 대상으로 말입니다."

"전 세계를 대상으로 블러핑을 하자고요?"

"네."

노형진은 그렇게 말하고는 소파에 기대어서 느긋하게 커피를 마셨다. 빌 웨이든은 어이없다는 듯 그 모습을 바라보다가 결국 질문을 던졌다.

"그래, 들어나 봅시다."

"현시점에서 각하께서 걱정하는 건 두 가지죠. 첫 번째, 정권의 재창출. 두 번째, 유럽의 이탈."

"맞습니다."

러시아나 우크라이나의 미래도 중요하지만 사실 정치인 입장에서 가장 중요한 건 정권이 재창출이다.

"그리고 거기에서 가장 큰 문제는 러시아의 협박으로 인한 지지 세력의 이탈이죠."

체르넨코도 미국이나 유럽의 지도자들이 핵의 협박에 굴할 거라고는 생각하지 않을 거다. 그럼에도 불구하고 핵을 협박용으로 이용하는 이유는 간단하다. 바로 공포에 겁먹은 국민들이 현 집권 세력에게서 멀어지기를 원하는 거다.

'실제로 그게 원래 역사에서 상당히 성공했지.'

물론 바뀐 정권이 우크라이나의 지원을 바로 끊은 건 아니지만 그 정권이 바뀌고 혼란스러워진 동안에는 추가적인 지원이 불가능했기에 그 틈을 이용해서 러시아는 짭짤한 전과를 올릴 수 있었다.

"저쪽에서는 공포를 전략으로 쓰는 겁니다. 그러니까 전략으로 이쪽도 공포를 쓰자는 거죠."

"핵전쟁을 말입니까? 미친 겁니까?"

"아니죠. 통제할 수 있는 공포를 이용하자는 겁니다."

"통제할 수 있는 공포?"

"우크라이나가 왜 파키스탄으로부터 핵을 사려고 하겠습니까?"

"그거야 누구도 핵폭탄을 팔려고는 안 할 테니까요."

"네, 맞습니다."

미치지 않고서야 누구도 핵폭탄을 지금 우크라이나에 팔려고는 안 한다. 프랑스가 미국이나 다른 나라들에 비해 상대적으로 관련 기술을 쉽게 파는 부분이 있기는 하지만, 그건 어디까지나 핵 발전 관련 기술이지 핵폭탄 기술이 아니다.

물론 그걸 통해 핵폭탄 재료를 뽑아내는 건 나 몰라라 하는 편이지만.

"네, 그러면 파키스탄은 팔 것 같습니까?"

"그거야……."

빌 웨이든은 눈을 찡그렸다.

"당연히 안 팔 겁니다."

파키스탄은 공식적으로 핵폭탄을 보유하고 있다.

물론 정식 보유국으로 인정되지 않았지만 그렇다고 해서 보유하고 있는 게 없어지는 않는다.

당장 이스라엘도 공식적으로는 핵폭탄이 없다.

"하지만 팔 가능성이 높죠. 정확하게는 그렇게 보일 겁니다."

그도 그럴 게 파키스탄의 상황이 녹록치 않기 때문이다.

국토의 상당 지역을 탈레반이 점령하고 있고 그걸 해결하겠다고 노형진에게 도움을 요청했지만, 결국 노형진의 조언은 받아들이지 못했다.

결과적으로 파키스탄이 탈레반에게 넘어가지 않는 가장 큰 이유는 탈레반이 가지지 못하는 기갑과 공중 전력으로 방어는 어찌어찌하는 데다가 혹시나 탈레반으로 핵폭탄이 넘어갈까 봐 전전긍긍하면서 은밀하게 지원하는 미국 덕분이다.

'웃기는 건 미국으로부터 은밀하게 지원받는 주제에 파키스탄이 친중국 국가란 사실이지.'

중요한 건 파키스탄에 있어서 이 핵무기라는 게 일종의 계륵 같은 존재라는 거다.

핵무기는 만들어 두고 쌓아 둔다고 해서 끝이 아니다. 안전을 위해 계속 관리해야 하고 또 감시해야 한다.

그리고 현재 파키스탄의 핵무기의 관리 비용은 총국방비의 3분의 1이나 된다.

즉, 현시점에 파키스탄의 핵폭탄은 계륵 같은 존재라는 거다. 쓸 수도 없고 줄일 수도 없는 물건.

"거기다 점점 코너에 몰리는 파키스탄의 분위기를 보면 그 핵폭탄을 팔아먹으려고 한다 해도 딱히 이상한 건 없는 상태라고 보입니다."

"하지만 파키스탄과 인도의 관계를 모르시나 본데……."

"압니다."

노형진은 고개를 흔들며 말했다.

"알죠. 너무 잘 알죠. 파키스탄이 핵무기에 죽자 사자 매달리는 이유가 바로 인도라는 걸 알고 있습니다."

파키스탄과 인도는 철천지원수다. 그렇다고 해서 또 아예 교통을 안 하는 사이는 아니다. 굳이 보자면 한국을 기준으로 북한과 일본을 섞어 둔 대상을 적대적으로 보는 거다.

일본이 한국과 철천지원수지만 그래도 서로 교통하면서

어느 정도 왕래가 있는 것처럼, 파키스탄도 인도와 필요에 따른 어느 정도의 왕래가 있다.

하지만 북한이 한국과 싸워서 이길 자신이 없으니 죽자 사자 핵에 매달리는 것처럼, 파키스탄 역시 그러한 상황에서 저항하기 위해 선택한 게 바로 핵폭탄이었다.

물론 그걸 개발한 결과 국제적으로 고립되고, 자업자득이라고 탈레반이 판치면서 자연스럽게 나라가 개판이 되었지만 그랬기에 더더욱 핵을 포기할 수가 없었던 것.

"그 상황에서 핵폭탄을 누군가가 사 가겠다고 하면 팔 거라고 사람들이 믿을 수도 있죠."

"믿는다?"

"지금 러시아가 노리는 게 그거 아닙니까?"

체르넨코가 미치지 않고서야 절대로 핵폭탄은 못 쓴다.

하물며 우크라이나에서도 못 쓰는 그걸 유럽에 쓴다?

그날로 러시아의 모든 도시에 핵폭탄의 비가 쏟아져 내릴 거다.

체르넨코는 독재자다. 그리고 독재자는 무슨 수를 써서라도 살아남으려고 하고 또한 무슨 수를 써서라도 권력을 지키려고 한다.

그렇기에 도리어 그러한 핵 공격을 피하게 될 거다.

"우리도 전 세계 사람들이 그렇게 믿을 수 있는 걸 던져 주는 거죠."

"우리가 아니라고 해도 파키스탄은 절대로 허락을 안 할 텐데."

"물론 한 발이라면 그렇지요. 하지만 전 세계가 이야기한다면 어떨까요?"

"전 세계라고 하면?"

"우크라이나에 핵폭탄을 팔아먹을 수 있다는 건 다른 나라나 단체에도 핵폭탄을 팔아먹을 수 있다는 소리가 됩니다."

핵무장을 하고 싶어 하는 나라는 한둘이 아니다. 그런 나라들에 적당한 돈만 주면 핵폭탄을 팔 수 있는 존재의 등장은 미국과 유럽을 공포로 몰아넣을 거다.

"하지만 파키스탄이 안 팔 걸 아는데."

"물론 대놓고 안 팔겠다고는 하겠죠. 하지만 만일 각하께서 직접, 또는 고위 관리를 보내서 그걸 막기 위해 노력한다고 하면 파키스탄에서 뭐라고 할 것 같습니까?"

"그거야……."

"파키스탄 정부는 바보가 아닙니다."

당연히 안 팔 거고 팔 수도 없겠지만 이번 기회에 미국에서 뭐라도 좀 빨아먹어 보자, 라고 생각할 거다. 당연히 협상을 위해 강짜를 놓을 테고 말이다.

그리고 전 세계 사람들의 눈에는 '진짜로 파키스탄이 핵폭탄을 팔려고 하는 것'으로 보일 거다.

즉, 핵전쟁이 눈앞으로 닥쳐오는 거다.

'심지어 파키스탄은 이슬람 국가지.'

이슬람 국가라는 것과 이슬람 테러 단체라는 건 전혀 다르지만 사람들 중에서는 '나중에는 이슬람 테러 단체에도 팔 수 있는 거 아닌가?'라고 생각하는 놈들이 나올 수도 있다.

"물론 전문가들은 다들 대통령 각하처럼 말하겠지만요. 지금 전문가들의 말을 미국 국민들이 믿고 있습니까?"

"끄응…… 아니긴 하지."

미국의 전쟁 전문가들은 현시점에서 러시아의 성장을 막는 게 장기적으로 더 유리하다고 이야기하지만 미국 국민들은 그 말을 믿지 않는다.

도리어 핵이 떨어질 거라고 생각해서 지금이라도 지원을 멈추라고 하는 사람들이 더 많다.

왜 그럴까?

"그건 심리학적으로 간단한 겁니다. 인간은 본능적으로 최악의 상황을 가정하고 판단해서 도리어 상황이 최악으로 치닫게 만드는 성향이 있거든요."

"무슨 말입니까, 그게?"

"전쟁의 역설이라는 겁니다."

예를 들어 A와 B라는 나라가 있다고 치자.

그런데 그 두 나라가 사이가 안 좋다?

그러면 처음에는 사이가 안 좋은 수준이라고 표현되는 정도일 거다.

하지만 A 나라에서 군을 늘린다고 하면 B 나라는 '어? 왜 늘리지?'라고 생각하게 되고, 그 생각은 아주 높은 확률로 '저 새끼들, 우리를 조지려는 거 아니야?'라는 결론으로 흐른다.

당연히 B 나라도 그에 대응해서 군비를 늘리고, 그러면 A 나라 역시 'B 놈들이 전쟁을 준비한다!'라고 생각하고 군비를 늘릴 것이다.

군비 경쟁에는 한계가 있지만 일단 시작되면 멈추기가 거의 불가능하기에 전쟁을 피할 수 없다.

과거에 미국과 소련이 군비 경쟁을 포기한 이유가 뭔가? 아무리 들이부어도 결국 군비 경쟁을 포기하지 못하게 되기 때문이다.

당장 북한만 봐도 그렇다. 온 국민이 굶어 죽는 상황이 됐는데도 그놈들은 여전히 그걸 포기하지 못하고 있지 않은가?

게다가 그쯤 되면 '저놈들이 우리를 치기 전에 우리가 먼저 치자.'라고 생각하게 된다. 군비 경쟁을 따라갈 수 없거나 해볼 만하다고 생각하거나 또는 저놈들이 군비 경쟁에서 밀리는 것 같으니 후환을 제거하자는 생각 등의 이유로 말이다.

그렇게 전쟁이 터지면 그간 쌓아 올린 모든 무기가 총동원되고 어찌어찌 전쟁이 끝나도 그다음에는 '봐 봐. 내 말이 맞지? 저놈들은 또 쳐들어올 거야.'라는 식으로 군비 경쟁이 끝나지 않는다.

"그리고 지금 세대는 그걸 겪어 본 적이 없는 세대입니다."

구소련 이후에 군비 경쟁이라는 걸 안 해 봤다. 비록 중국이 성장하면서 미국을 견제하고 있지만 아직은 군비 경쟁이 몸에 와닿을 정도도 아니고 애초에 그것도 최근이니 그 경쟁이 그리고 냉전으로 인한 공포가 느껴지지 않는 거다.

모르니까.

"그래서 그 대응책이 핵무장이라는 겁니까?"

"정확하게는 각하께서 그걸 끊어야 한다는 거죠."

"그걸 끊어야 한다?"

"사람들이 봤을 때는 이게 파키스탄에서 안 판 건지, 미국 정부에서 차단한 건지 애매하거든요."

파키스탄 입장에서는 미치지 않고서야 그 기술을 안 팔 거다. 그걸 파는 순간 다른 나라들이 완전히 고립시킬 테고, 그러면 파키스탄은 인도가 문제가 아니라 탈레반에게 탈탈 털릴 테니까.

"그러니까 아마 적당히 찾아가서 이야기만 나눠도 충분히 파키스탄은 안 팔 겁니다."

사실 안 찾아가도 안 팔 테지만 미국 정부가 설득해서 그걸 막았을 때 그 지지율은 엄청날 수밖에 없다.

만일 판매되었다면 전 세계적으로 핵무장의 광풍이 불었을 테고, 그렇게 되면 아마 핵전쟁은 피할 수 없게 될 테니까.

"더군다나 파키스탄에 대한 미국이나 유럽 사람들의 지식은 되게 한정적이거든요."

"한정적이라고?"

"무식하고 제대로 국가도 통제 못하는 이슬람 새끼들."

물론 이는 말도 안 되는 소리다. 분명 내부적으로 혼란스러운 것도, 상대적으로 빈국인 것도 사실이지만 파키스탄은 제대로 된 국가의 형태를 가진 정부 조직이 있고 그 아래서 운영되고 있는 정상적인 국가다.

"그런 안 좋은 이미지가 중요한 겁니까?"

"중요합니다. 사람들은 '대통령 각하께서 핵무기 판매를 막았다.'라고 생각하지, '파키스탄이 핵무기를 자발적으로 안 팔았다.'라고는 생각 안 할 테니까요."

"아하!"

무식하고 통제도 못하는 놈들이니 돈만 되면 뭐든 할 거다. 그게 가난한 나라에 대한 사람들의 잘못된 고정관념이다.

그렇기에 우크라이나가 파키스탄와 접촉하는 것만으로 당연히 사람들은 파키스탄이 우크라이나에 핵무기를 팔 거라 생각했다.

'물론 턱도 없는 소리지.'

설사 당장 나라가 내전에 휩싸여서 불타고 있다고 해도 파키스탄은 절대로 핵무기를 안 팔 거다. 왜냐하면 파키스탄의 가장 친밀한 국가, 정확하게는 현재 파키스탄이 유지될 수 있게 도와주는 나라가 중국이니까.

그리고 중국은 러시아와 혈맹이라는 게 딱히 비밀도 아닌데 멍청하게 우크라이나에 핵무기를 팔아서 스스로 지원을 끊을 리가 없다.

'물론 그런 복잡한 정치구도까지 생각하는 사람들은 극히 드물 테지만.'

어느 유투버가 한 말이 있다. '미국인은 생각보다 무식합니다.' 그리고 노형진의 경험상 그게 틀린 말은 아니다.

"그리고 그렇게 하면 우크라이나에 무기 지원도 합당하다고 생각하게 되는 게 인간이죠."

외부에서는 '핵폭탄보다는 낫잖아?'라고 생각하게 된다는 거다.

"흠……."

"체르덴코가 생각하지 못한 게 바로 그겁니다."

체르덴코는 미국과 유럽의 국민들에게 협박을 통해 손 떼라는 말을 하고 싶었을 것이다. 하지만 그 자체를 빼고 판단한다면 그 말은 우크라이나의 핵무장을 자극하는 것밖에 되지 않는다.

더군다나 지금처럼 중국이 핵우산의 제공을 거절하고 미국도, 유럽도 핵우산의 제공을 기피하는 시점에서는 말이다.

"전 세계적인 공포라……."

"사람들은 생각하는 거죠. 전 세계적으로 핵폭탄이 우후죽순으로 팔리는 꼴을 볼 것이냐, 아니면 그냥 우크라이나에 지원할 것이냐."

"그러면 다음 선거에서 유리하겠군요."

"맞습니다."

전 세계적인 핵 파동이 커지기 전에 대한 대통령에 대한 지지율이 올라가는 건 어떻게 보면 당연한 일이다.

과거 쿠바 핵미사일 사태 당시에 전 세계는 이제 핵전쟁은 피할 수 없다고 판단했었다. 하지만 그걸 막은 케네디의 지지율이 급상승하면서 민주당이 압승하는 데 성공했다.

원래는 그 이전까지만 해도 공화당이 승기를 잡고 있었는데 말이다.

"전 세계는 전면전을 겪어 본 적이 없습니다. 그랬기에 무기의 발전만 멈춘 게 아니라 인간도 공포를 잊어버렸죠."

그랬기에 쉽게 생각하고 쉽게 싸우고 쉽게 말한다.

"흠……."

그 말에 빌 웨이든은 한참을 고민했다. 그러다가 고개를 끄덕거렸다.

"어차피 이건 내가 없어도 진행하는 데 문제없으니 내가 승인을 하든 안 하든 이야기하겠군요."

"솔직히 말하면 그렇습니다. 사실은 원래 계획은 좀 달랐지만요."

핵에 굴복해서 우크라이나를 내주자고 주장하는 사람들에게 더 큰 압박을 주고 '차라리 핵보다는 낫다.'라는 이미지를 주는 게 목적이었으니까.

　우크라이나는 지원이 없으면 죽을 수밖에 없으니 필요하다면 어떤 가면이라도 쓸 용의가 있었다. 그걸로 어떤 욕을 처먹더라도 말이다.

　"그리고 미국에서 여기에 약간의 양념을 더 치신다면 말입니다."

　"양념을 친다면?"

　"러시아도 발칵 뒤집을 수 있습니다."

　"러시아를?"

　"이 핵폭탄에 대한 협박이 과연 유럽과 미국에 한정된 협박일까요?"

　"그건 당연한 거 아니오?"

　노형진은 그 말에 고개를 저었다. 협박이라는 것을 정확하게 이해하지 못하는 것 같았으니까.

　"이건 미국과 유럽뿐만 아니라 러시아 국민들에 대한 협박이기도 합니다."

　"러시아 국민들에 대한 협박이라고?"

　빌 웨이든은 그 말을 순간 이해하지 못했다. 협박한 건 체르덴코인데 이게 자국민에 대한 협박이라니?

　"그러면 그 핵전쟁이 터졌을 때 미국이랑 유럽이 순순히 처맞고 있겠습니까? 원래 협박이라는 쌍방입니다. 너를 죽이겠다는 것은 반대로 말하면 나도 각오하고 있다는 뜻이죠.

그렇기 때문에 상대방이 저항하지 않기를 원해서 하는 게 협박입니다. 그리고 대부분의 경우 먼저 공격당한 상대방이 그냥 맞아 주는 경우는 없죠. 그걸 러시아 국민들도 알고요."

만일 미국이나 유럽에 핵이 떨어지면 나토는 당연히 러시아에 반격할 거다.

"설마?"

"네, 설마죠. 하지만 그 설마가 다른 설마가 되는 순간 러시아 내부도 급속도로 붕괴될 겁니다."

현시점에서 대부분의 분위기는 '설마 핵전쟁이 터지겠어?'이다.

하지만 우크라이나의 핵 구입 협상, 그걸 막기 위한 미국의 노력 같은 게 눈이 들어온다면 그 생각은 '설마 핵전쟁이 터지는 거 아냐?'로 바뀔 거다.

물론 그 과정에서도 우크라이나를 넘겨주자고 주장할지도 모르지만 그 자체가 핵 구입을 정당화하는 말이기 때문에 아마 소리 소문 없이 사라질 거다.

"그리고 핵전쟁이 터질 수 있다는 소문은 러시아 내부라고 해서 안 나는 건 아니죠."

러시아가 그런 소문에 신경을 안 쓰는 이유는 강력한 러시아 정부의 통제도 있지만 우크라이나에는 핵이 없기 때문이기도 하다.

그런데 체르덴코가 우크라이나가 아닌 유럽을 상대로 핵

으로 협박한 상황에서 우크라이나가 핵을 쥐게 된다면?

"러시아 내부에서도 '핵전쟁이 임박했다.'라는 소문이 돌면 대도시들이 붕괴될 겁니다."

"아아~."

실제로 과거 쿠바 사태에서도 구소련의 주요 정치인들은 다급하게 가족들을 모두 시골로 대피시켰다.

그런데 그 소문이 나면 러시아라고 변화가 없겠는가?

"그리고 그 상황에서 그걸 해결하는 건 각하의 능력인 거죠."

우크라이나에는 좀 더 무기 지원을 약속하고 파키스탄에도 좀 더 쥐여 주는 대신에 핵무기 거래를 막으면 어떻게 될까?

욕이란 욕은 러시아와 체르뎬코가 다 처먹을 거다. 그리고 그 시점에서 체르뎬코는 다시는 핵을 이용해서 협박질을 못한다.

왜냐, 한 번 붕괴된 도심 구역이 두 번 붕괴되지 말라는 법도 없고 이미 한 번 도주로 붕괴된 시점에서 그의 지지율은 바닥을 뚫고 떨어질 테니까.

"허."

그 말에 빌 웨이든은 혀를 내둘렀다.

하나부터 열까지 러시아에 치명타를 안기면서 자신의 지지율은 높일 수 있는 방법이었으니까.

"그래서 나는 뭐부터 하면 되는 거요?"

"일단 기다리시면 됩니다, 기다리시면. 후후후."

이미 협박은 이루어졌고 우크라이나 협상팀만 움직이면
될 일이었다.

핵 삽니다

　우크라이나는 다시 한번 중국에 핵우산에 대한 보장을 요구했다. 하지만 한 번 무시한 중국이 다시 대답할 리가 없고 사실상 핵우산은 의미가 없다고 판단하기 시작했다.

　물론 우크라이나는 그걸 알고 있었다. 당연하게도 그 과정에서 미국뿐만 아니라 유럽 국가들에도 다시 한번 핵우산에 대한 보장을 요청했다.

　그러나 미국은 약속한 게 있어서 침묵을 지켰고, 유럽은 당장 체르덴코가 핵으로 유럽을 불지옥으로 만들어 버리겠다고 길길이 날뛰고 있었기에 조용히 입만 다물었다.

　"역시나 그렇군요."

　카진스키는 놀랍다는 얼굴도 아니었다. 바뀌는 것이 없을 거라는 건 이미 알고 있었다.

"도리어 유럽은 무기나 지원금의 제공을 줄여야 한다는 분위기가 점점 팽배해지고 있다고 합니다."

"이 상황에서 말입니까?"

"현실이 현실이니까요."

"하아~."

러시아의 우크라이나 침공은 사람들에게 많은 걸 알려 줬다. 러시아가 세계 2위의 군사 강국이라고 하기에는 거품이 많다는 것도 알려 줬지만 동시에 유럽도 별반 다를 게 없는 개판 5분 전이라는 사실도 알려 줬다.

굴러가는 전차도 얼마 안 되고 전투기들은 죄다 부품 부족으로 수리 중이고 인원도 부족하다.

군사비리가 사방에 산적해 있었고 무기 공장은 죄다 해체해서 이번 전쟁에서 지원한 포탄을 보충하려면 몇 년씩 풀로 돌려야 하며 이제는 자국 내 포탄의 보유분조차도 걱정해야 하는 수준인 현실에, 다들 우크라이나가 아니라 우리부터 살아야 한다면서 우크라이나에 대한 지원을 끊고 그 돈으로 군비를 확장하라고 난리도 아니었다.

"미치겠군."

카진스키는 쓰게 웃었다. 생각보다 러시아의 핵 위협이 효과가 좋았던 거다.

"미스터 노의 이야기가 맞나 보군."

"네, 선택지는 그것뿐인 것 같습니다. 더군다나 이번에는 미국도 도움을 주기로 했으니 말입니다."

"미국이라……. 고맙기는 한데……."

선거에 자기들을 이용한다는 게 약간은 기분 나쁘지만 마냥 탓할 것도 아니었다. 사실 지지율이 그렇게 떨어진 이유 역시 자신들 때문 아니던가?

자신들에 대한 지원에 돈이 너무 많이 드니까.

더군다나 러시아 전쟁으로 인해 전 세계가 먹고살기가 너무 힘들어졌다.

만일 미국이나 유럽이 우크라이나를 버리고 그대로 모른 척 러시아의 자원을 받아서 썼다면 아마 나름 잘 먹고 잘 살았을 거다.

'뭐, 그렇다고 해서 영원히 안전한 건 아니었겠지만.'

이번에 드러난 것처럼 유럽의 방위는 도무지 답이 없는 수준이었다. 총알도, 대포도, 비행기도 죄다 나토에 기대서 방어한다는 생각에 누구도 제대로 투자를 안 한 탓에 정작 자기방어에 필요한 최소한의 장비조차 없었던 것.

그리고 전쟁이 본격화되자 전 세계 군수산업이 소비량을 따라가지 못한다는 사실이 드러났다.

아마도 우크라이나가 무너지고 다른 나라로 러시아가 이빨을 드러냈다면 러시아는 나토와 진짜 일전을 결하고도 승리했을지도 몰랐다.

"그러면 계획대로 하지. 파키스탄에는 누가 가기로 했나?"

"요프젠 차관입니다."

그 말에 카진스키는 고개를 끄덕거렸다. 장관이 가면 너무 눈에 띈다. 은밀하게, 하지만 소문나게 할 정도의 상황을 조성하려면 차관급이 딱이다.

"좋아. 그러면 진행하도록 하게."

"네."

그렇게 전 세계를 대상으로 한 거대한 속임수의 막이 열렸다.

⚖️

파키스탄.

인도 바로 위에 있는 나라. 여러 가지 문제로 인해 머리 아픈 나라가 바로 파키스탄이다. 하지만 그래도 나름 잘 버티고 있는 게 또 파키스탄이었다.

물론 돈은 언제나 부족하다. 특히나 올해는 더했다. 왜냐하면 파키스탄에 엄청난 양의 비가 왔기 때문이다.

단순히 '와, 비 많이 온다.' 수준이 아니라 얼마나 많이 왔는지 국토의 3분의 1이 물에 잠겨 지형이 바뀔 정도였다.

당연하게도 파키스탄은 그걸 복구할 능력이 되지 않았다.

그나마 탈레반 점령지의 경우는 모른 척해 버리면 그만이지만 그렇지 않은 정부가 통제력을 유지하고 있는 지역은 어떻게든 복구해야만 했다.

그런데 지금 나라 꼴이 말이 아니라서 돈을 구할 곳이 없었다. 그 상황에서 우크라이나의 요구 조건은 황당하지만 동시에 흔들릴 수밖에 없는 요구였다.

"핵폭탄을 팔아야 한다고 생각합니까?"

자칸디르 대통령은 떨떠름한 얼굴로 물었다. 그도 그럴 게 핵폭탄을 팔아 달라는 우크라이나의 요청이 있었기 때문이다.

물론 전이라면 개소리하지 말라고 했을 거다.

하지만 지금은 상황이 많이 안 좋았다. 돈이 부족했고 전 세계에서 지원이 끊겼다. 핵무기 개발 원인도 있지만 그것보다는 러시아─우크라이나 전쟁으로 인한 자금 소진이 문제였다.

"팔아야 합니다. 우리가 가진 핵폭탄은 100발이 넘습니다. 그중에서 20%, 아니 10%만 팔아도 큰돈입니다. 그리고 그 정도면 재건에…….''

"뭔 개소리를 하는 겁니까! 핵폭탄을 팔자고요? 미친 겁니까? 핵이라고요! 핵!"

물론 내무부 장관의 말에 국방부 장관은 길길이 날뛰었다. 하지만 내무부 장관도 할 말은 있었다.

"그건 돈만 먹는 괴물입니다. 아시지 않습니까? 우리에게 필요한 건 돈입니다! 돈!"

"아무리 그래도 핵은 안 됩니다, 각하! 저 가증스러운 인도를 막기 위해서는 핵이 있어야 합니다.''

"다 팔자는 게 아니지 않습니까? 막말로 우리가 가진 핵의 50%만 팔아도 남은 핵폭탄으로 인도를 모조리 지워 버릴 수 있어요!"

"하지만 전 세계가 그걸 가만히 두고 볼 거라 생각합니까?"

팔고자 하는 내무부 장관과 절대로 그걸 용납 못 하는 국방부 장관의 싸움은 각자 입장과 상황에 맞춰 더더욱 격렬해지기 시작했다.

특히 돈이 많이 필요한 부서들은 차라리 짐 덩어리 핵을 팔아서 돈도 벌고 동시에 그 관리비도 아끼고 싶어 했다.

"처음도 아니지 않습니까?"

"뭐요?"

"핵폭탄 제조 기술도 같이 넘겨 달라고 하니까 그걸 비싸게 팔아먹으면……."

"지금 죽고 싶어서 환장한 겁니까!"

"그러면 지금 저기 홍수 난 걸 구경만 할 겁니까! 이재민이 몇 명이고 굶어 죽는 사람이 몇 명이며 병에 얼마나 많은 사람이 고통 받는지 알아요!"

살짝 유리한 포지션에 있던 국방부 장관. 하지만 홍수 문제로 인한 재건 문제가 나오자 그도 답이 없어서 불리해질 수밖에 없었다.

"하지만 핵은……."

"한 번 해 봤는데 두 번을 못 하겠습니까!"

"아니, 북한에 팔아먹은 건 기술이고 이건 그것과 동시에 써먹을 수 있는 핵폭탄 아닙니까! 핵폭탄!"

국방부 장관과 내무부장관의 싸움은 어느 틈엔가 커져서 서로 소새끼 개새끼를 찾으면서 목소리를 높이고 있었다.

"그만!"

그걸 지켜보던 자칸디르 대통령이 소리를 버럭 질렀다.

"그만 좀 싸워요!"

"하지만 각하."

"우리도 좋은 방법을 찾으려고 모인 거 아닙니까!"

"……."

전이라면 핵폭탄을 팔라는 말에 코웃음을 쳤을 거다. 미치지 않고서야 그걸 팔 수는 없으니까.

하지만 지금은 진짜 상황이 안 좋았다. 그렇잖아도 탈레반이 세력을 점점 늘리는 상황이다. 탈레반 세력권은 둘째 치고 자기네 세력권조차도 제대로 복구하지 못하면 최악의 경우 탈레반이 파키스탄을 집어삼킬 수도 있었다.

'젠장, 이게 아니었는데.'

처음에 탈레반을 키울 때만 해도 그들을 이용해서 아프가니스탄을 집어삼킬 수 있을 거라 믿었다. 실제로 거의 그게 성공한 상황이었다. 그런데 정작 지금 아프가니스탄은 통제력을 되찾고 있다.

심지어 아프가니스탄에 들어가는 탈레반은 걸리는 족족

갈려 나가고 있었다.

조금이라도 움직이면 어디선가 날아온 건십이 아예 박살 내기 때문이다. 미국이 쓰는 그런 무지막지한 놈들은 아니지만 건십은 건십이었고 하늘에서 떨어지는 불벼락을 막을 수가 없었다.

그랬기에 탈레반은 아예 아프가니스탄을 포기하고 역으로 파키스탄에서 세력을 늘리고 있었다.

"이대로라면 다 죽어요. 무슨 수를 써서라도 방법을 찾아야 합니다."

천하의 대통령이 싸움을 중재하면서 정치인들에게 읍소해야 한다는 사실에 자칸디르는 쓴웃음만 올라왔다.

"네, 각하."

그렇게 회의는 계속되었다. 하지만 거의 대부분 변하는 건 없었다.

그렇게 지루한 이야기가 계속되고 있을 때 반전은 생각지도 못한 곳에서 찾아왔다.

"미국 대사?"

"그렇습니다."

"나를 독대하고 싶어 한다고?"

"그렇습니다."

"흠."

그 말에 자칸디르는 기분이 이상했다.

자신들이 지금 미국 대사를 자주 만나는 건 사실이다.

정확하게는 아래서 미국에 대해 지원을 요청하기 위해 읍소하다시피 하고 있다.

홍수 이후에 중국에도 도움을 요청했지만 중국은 무상 지원에 관심이 없었기 때문이다.

국채조차도 사채 뺨치는 조건으로 빌려주는 게 중국인데 그런 그들이 파키스탄에 돈을 그냥 줄 리가 없었다.

도리어 아무리 자신들이 친중 국가지만 그들의 요구는 사실상 파키스탄을 넘기라는 수준의 조건이었기에 자칸디르는 중국의 지원을 포기하고 미국에 손을 벌리는 상황이었다.

'그런데 나한테 독대를 요청한다고?'

아무리 자신들이 약소국이라도 기본적으로 국제적 관례라는 게 있다. 아무리 미국의 대사라고 해도 다짜고짜 대통령에게 만남을 요구하는 건 분명 외교적인 결례다.

'그게 아니라면……..'

아니면 뭔가 다급한 일이 있든가 말이다.

순간 자칸디르의 머릿속에서 한 가지 가능성이 생각났다.

'아니다. 아직은 아니야. 일단 들어나 보자.'

"그래, 일정을 잡아 봐."

자칸디르는 고개를 끄덕거리면서 일정을 잡으라고 했다.

그리고 그 일정은 생각보다 빨리 잡혔다. 미 정부에서 무조건 맞추겠다고 했으니까.

그 덕분에 바로 다음 날 미 대사와 자칸디르의 만남이 이루어졌다. 그리고 미 대사는 단호한 말로 자신들의 요구 조건을 말했다.

"핵의 판매를 포기하세요."

"뭐라고요?"

"이미 알고 있습니다. 우크라이나가 핵의 판매를 요구한 걸 말입니다. 저희 정부에서는 그걸 심각한 국제적 핵 위협으로 받아들이고 있습니다."

"금시초문이군요."

"모르는 척하는 것도 방법이긴 하겠죠. 하지만 저희 미국입니다, 미국. 설마 모를 거라 생각합니까?"

'그러겠지.'

자칸디르는 속에서 올라오는 미소를 애써 감추면서 철저하게 모른 척했다.

"저는 잘 모르겠습니다만 알아보겠습니다."

아주 짧은 만남이었다. 일국의 대통령이 모른다고 하는데 제아무리 주 파키스탄 미국 대사라고 해도 인정하라고 길길이 날뛸 수는 없기 때문이다.

"저희는 좋은 결과를 기대하겠습니다."

그렇게 그 짧은 만남을 뒤로하고 미국 대사가 돌아가자 자칸디르는 하늘에 두 손을 번쩍 들었다.

"신께서는 나를, 그리고 파키스탄을 아직 버리지 않았구

나. 알라 후 아크바르! 하하하!"

"미국에서 말입니까?"

"그렇소."

긴급하게 모인 회의실. 그 안에서 자칸디르의 말에 다들 표정이 어두워졌다. 회의고 뭐고 이제 다 물 건너갔으니까.

핵이 판매되는 걸 두고 볼 미국이 아니었으니 말이다.

"아니, 어떻게……."

"미국 아니오. 우리 쪽에는 없더라도 우크라이나 쪽에는 누군가가 있겠지."

"후우~ 그렇군요."

파키스탄은 반미 성향이 강한 나라다. 그래서 주요 장관 중에 미국에 이런 정보를 흘릴 만한 사람은 없었다.

하지만 지금 우크라이나는 미국이 없으면 나라가 망할 판국이니 친미주의자들이 넘칠 수밖에 없었다.

"차라리 이게 잘된 거라 생각합시다."

"그게 무슨 말이십니까, 각하?"

"핵무기의 거래를 어떻게 알았는지는 중요한 게 아닙니다. 중요한 건 우리가 그걸 안 팔 거라는 확신이 없다는 겁니다."

"그 말씀은?"

"우리가 그들에게 적당한 대가를 요구해야 하지 않겠습니까?"

"아! 그렇군요."

그렇잖아도 핵폭탄을 팔아서라도 피해를 복구해야 한다. 그런데 미국에서 예민하게 군다면 무조건 꼬리를 말 필요는 없다.

"그렇잖아도 미국은 핵폭탄이 탈레반의 손에 들어갈까 봐 전전긍긍하고 있지 않습니까?"

"그건 그렇죠."

탈레반은 이슬람 세계를 완성하기 위해서라면 미국이든 유럽이든 주저하지 않고 핵폭탄을 터트릴 미친놈들이다.

아니 전 세계가 이슬람, 그것도 자신들이 해석하는 이슬람을 믿지 않는다면 기꺼이 인류의 멸망도 받아들일 놈들이 바로 탈레반이다.

그러니 그걸 막기 위해서라도 파키스탄이 반미 국가라는 걸 알면서도 은밀하게 지원해 주고 있다.

당장 아프가니스탄에서 설치는 탈레반의 절대다수가 파키스탄 출신이라는 걸 알면서도 미국은 어쩔 수 없이 파키스탄에 막대한 돈을 줘 가면서 공군기지를 운영해야 했었다.

"적당한 대가를 받고 이용할 수만 있다면."

어차피 핵폭탄을 외부에 파는 건 너무 많은 위험부담이 있다. 그렇지만 미 정부에서 그걸 막는다면, 그리고 그걸 이용해서 협상한다면 충분한 조건이 나올지도 몰랐다.

"작전을 짜 보도록 합시다. 어쩌면 살길이 생길지도 모르 겠군요."

"신의 보살핌입니다!"

"알라 후 아크바르!"

"알라 후 아크바르."

오랜만에 파키스탄의 내각은 한마음 한뜻으로 뭉칠 수 있 었다.

⚖

"당신 말이 맞더군요. 파키스탄에서는 확답을 안 주고 있 습니다."

"정확하게는 안 판다가 아니라. 모른다, 라는 입장이겠죠?"

"맞습니다."

파키스탄에서는 '우리는 모르는 일이다.'라고만 하고 있다.

"자기들이 파는 입장인데 모른다니 말이 됩니까?"

CIA 국장은 어이없다는 듯 툴툴거렸다. 거래는 당사자 간 의 일이니까.

'우리는 핵폭탄을 안 판다.'라고 하면 그만이다. 하지만 파 키스탄의 공식적인 입장은 다름 아닌 '우리는 모른다.'이다. 즉, 대답하기 싫다는 소리다.

"러시아에서는 별말 없죠?"

"러시아 입장에서는 한 소리 하기 애매하죠."

일단 파키스탄에서 핵폭탄을 팔 가능성이 높다고 생각은 안 할 거다. 그리고 파키스탄은 극단적 친중 국가다. 그런 나라인 만큼 자신들이 괜스레 파키스탄에 감 놔라 배 놔라 했다가 중국에서 싫은 티를 내면 곤란해서 일단은 조용히 있는 상황이었다.

"그럼 각하, 이건 손해 아닙니까? 어찌 되었건 저쪽에서 요구하는 게 적지는 않을 텐데요?"

CIA 국장의 말에 노형진은 고개를 흔들었다.

"손해라고 봐야 할까요, 아니라고 봐야 할까요."

"네?"

"파키스탄은 외부의 도움이 필요합니다. 현실적으로 미국이 도움을 안 줄 수가 없습니다. 그건 아시죠?"

"끄응, 그건 그렇죠."

중국이 도움을 거절했으니 파키스탄은 친중 국가이지만 미국은 어쩔 수 없이 도와줘야 한다. 안 그러면 탈레반에게 핵폭탄이 넘어갈 가능성이 너무 높기 때문이다.

"그리고 그걸 알기에 중국도 도움을 안 주는 겁니다."

내가 안 도와줘도 미국 놈들이 도와줄 걸 아는데 왜 도와주겠는가?

'더군다나 중국도 지금 상황이 딱히 좋은 건 아니란 말이지.'

코델09바이러스 이후에 중국의 경제는 박살 나고 있었다.

노형진이 많은 공장을 인도로 **빼돌렸고**, 심지어 그 과정에서 국유화 소동을 겪으면서 중국은 전 세계적인 투자처로서 관심이 많이 사그라들었다.

더군다나 샹량핑은 어떻게든 독재를 완성하려고 했기에 그 과정에서 온갖 불법적이고 위험한 일을 했다.

예를 들어 모든 학교에서 영어 교육을 금지하고 사교육도 금지하고 심지어 온라인 교육도 금지했다.

이유는 간단하다. 영어를 할 줄 알면 해외 뉴스를 볼 수 있고, 해외 뉴스를 보면 중국의 현실에 대해 알게 되기 때문이다.

물론 높은 자리에 올라가기 위해서는 당연히 영어가 필수일 거다. 그리고 고위 당원의 자녀들은 유학을 하든 은밀하게 과외를 받든 영어를 배울 거다.

다시 말해 장기적으로 일반인은 노예 수준으로 격하시키고 권력을 세습화하고 독재를 완성하기 위해 영어의 학습을 막은 거다. 어느 독재 국가나 궁극적으로 가장 먼저 하는 것 중 하나가 바로 우민화 정책이니까.

문제는 그러한 우민화 정책은 기본적으로 나라의 경쟁력을 갉아먹는다는 거고 실제로 그 때문에 중국의 경제 상황은 칭찬으로도 좋다고 할 수가 없었다.

그랬기에 그들도 섣불리 도와주겠다고 말 못 하는 거다.

"그러니 우리가 도와줄 수밖에 없죠. 최소한 핵은 지켜야 하니까요."

"그건 그렇죠. 그러면 미스터 노의 말은 그걸로 그냥 퉁치자 이거군요."

"맞습니다. 어찌 되었건 파키스탄은 극도로 위험한 상황입니다. 현시점에서 대응책조차도 안 나오는 상황이라는 거죠."

파키스탄은 도움을 청할 테고, 인권을 보호하는 차원에서라도 지원은 이루어질 수밖에 없다.

"그러니까 파키스탄이 자연스럽게 그걸 보상으로 받았다고 생각하게 만드는 겁니다."

"흠, 하지만 그렇게 하면 파키스탄에서 고마워하지 않을 텐데요."

노형진은 그 말에 피식하고 웃었다.

"파키스탄에서 미국의 지원을 받고 고마워한 적이 한 번이라도 있었습니까?"

"하긴 그것도 그렇군요."

파키스탄은 단 한 번도 미국의 지원에 대해 고마워한 적이 없다. 도리어 그걸 당연하다고 생각한다.

그들은 기회만 되면 미국의 뒤통수를 후려치려고 하는 나라에 가깝다.

"그러니까 우리도 그걸 이용하자는 거죠."

"핵의 판매라……."

"네."

"그리고 우리가 할 말은 전 세계에 그걸 터트리는 거라는 거군요."

"단순히 핵을 판매하지 않는다는 말로 끝내면 유럽이나 다른 나라들이 아무런 충격도 안 받을 겁니다. 그러니까 자극해야지요. 핵의 연쇄 도미노를 말입니다."

핵이 핵을 부르고 그 핵이 다시 핵을 부르게 되면 전 세계는 다시 한번 핵의 공포에 떨게 될 거다.

물론 진짜로 핵이 거래되지는 않을 거다. 진짜로 그렇게 핵을 팔면 미국은 파키스탄을 역사에서 지워 버릴 테니까.

그리고 중국도 그걸 모른 척할 거다. 중국도 핵보유국이고 핵이 가진 권력을 지키고 싶어 하니까. 그러나 핵을 다른 나라에 팔아먹는 파키스탄을 가만둘 리가 없고 파키스탄도 그걸 안다.

"결국 요란한 거품처럼 피어오르게 하는 게 CIA의 임무입니다."

"그런 거라면 어렵지 않지요."

CIA 국장은 자신 있게 말했다.

"그런 거라면 가능하면 유럽 쪽이 좋겠지요?"

"네, 그러면 좋지요. 직접적으로 겪게 될 사람이니까."

"그렇잖아도 골치 아픈 나라가 있었는데 엿 좀 먹여야겠군요."

국장은 희미하게 웃었다.

핵 삽시다

나토에서의 골칫덩어리는 과연 어디일까?

물론 나토에서 골칫덩어리는 한두 곳이 아니다.

군에 투자 안 하고 다른 나토 국가들에 묻어 가려고 하는 프랑스도 있고, 나토의 표준 전차 공급 국가이지만 공장이 너무 작아서 공급에 한세월인 독일도 있다.

하지만 현시점을 기준으로 한다면 가장 골치 아픈 나라는 다름 아닌 터키다.

이유인즉슨, 일단 터키도 나토 국가이기는 하나 반미 국가에 속한다는 거다.

나토가 친미 국가 연합은 아니니 그게 잘못된 것은 아니다. 문제는 그들은 반미를 넘어서 친러시아 국가라는 거다.

다행히 다른 나라의 눈치를 봐 가면서 러시아 함대의 흑해 진입을 막고 있지만 그렇다고 그들이 다른 나토 국가들이 믿을 만한 나라인 것은 아니었다.

　지금도 친러시아 정책을 유지하면서 러시아 경제봉쇄에 반대하면서 은밀하게 그들과 거래하고 있는 게 바로 터키다.

　즉, 나토 국가 입장에서는 쫓아낼 수도 없지만 내부에 두기도 애매한 골치 아픈 국가였다.

　사실 터키는 원래 친미 국가였지만 나토에 가입하고 독재 국가로 바뀌면서 친러 국가가 된 거다.

　그렇다 보니 말이 나토 국가지 나토의 사정을 러시아에 일러바치는 간자 비슷한 노릇도 하고 있었기에 나토에서는 쫓아내고 싶어 하지만 난민 문제에서부터 여러 가지 문제로 그러지 못하는 게 현실이었다.

　그리고 그런 터키 옆에는 가장 사이가 안 좋은 나라인 그리스가 있다.

　역사 분쟁에 영토분쟁까지 얽혀 있어서 그 둘은 철천지원수나 다름없었다.

　얼마나 사이가 안 좋냐면 실제로 터키와 그리스의 전투기들은 서로 만나면 도그파이트를 한다. 진짜로 미사일을 쏘는 건 아니지만 도그파이트에서는 락온 되는 놈이 지는 거라 조종사들은 서로의 꼬리를 잡기 위해 기를 쓰고 싸우는데, 실제로 그 과정에서 두 나라의 전투기가 서로 충돌한 적도 있다.

그랬기에 CIA는 이 터키와 그리스가 최적의 대상이라 생각한 거다. 나토이지만 나토에서 믿을 수 없는 아군 취급을 받는 터키이기에 그들이 이상한 행동을 하면 나토에서는 '설마'라고 하는 게 아니라 '그놈들이라면 그러고도 남는다.'라고 할 테니까.

그리고 얼마 지나지 않아 터키에서 이상한 소문이 돌기 시작했다.

"파키스탄에서 핵을 판매하기 시작했다. 우리도 핵무장을 해야 한다. 언제까지 저 간악한 나토 아래서 신음할 것인가? 핵무장이야말로 우리 터키의 미래다."

"이거 개소리 맞겠지?"

물론 이게 개소리로 보일 수도 있었다. 문제는 이 소리가 나돌고 있는 게 터키라는 거다.

"터키 놈들 몰라? 그 새끼들은 악마야! 전 세계를 불태울 놈들이라고!"

"터키 놈들은 믿을 수 없어! 우리도 핵을 보유해야 한다!"

당연히 그리스 국민들은 들고일어났다. 그리고 그러한 상황에서 기름을 부은 건 터키 정부였다.

"핵무장은 국가 고유의 권한이다. 그걸 그리스에서 뭐라고 할 이유는 없다!"

애초에 터키는 나토 국가라지만 독재 국가이고 친러 국가다. 그러니 나토에서 뭐라고 하든 신경도 안 썼다.

그리고 그러한 분위기는 순식간에 나토를 불안하게 만들었다.

"이거 괜찮은 겁니까?"

노형진에게 로버트가 떨떠름한 얼굴로 물어봤다.

"뭘요?"

"터키와 그리스 사이가 영 안 좋습니다."

"그 애들은 한국과 일본보다 더 사이가 안 좋잖아요? 일본과 한국은 최소한 도그파이트는 안 하는데요?"

"그런 게 아니지 않습니까?"

"걱정하지 마세요. 터키도 병신은 아니니까."

약체인 그리스 입장에서는 터키를 대상으로 군사적 도발을 할 수는 없다. 그리고 터키 입장에서는 그리스나 나토 국가에 고개를 숙이고 싶지는 않을 거다.

"터키는 무시 못 할 나라니까요."

한국 사람들은 터키가 가난하다고 생각하지만 실제로는 그렇게 가난한 나라도 아닐뿐더러 애초에 그렇게 작지도 않다. 그 예로 나토가 터키를 추방 못 하는 가장 큰 이유 중 하나가 바로 터키의 군사력이다.

터키의 군사력 순위는 세계 11위다. 나토가 군사력을 줄이고 줄이는 시점에서 터키의 군사력이 무시할 수준이 아니다 보니 온갖 패악질을 부리고 친러로 행동해도 쫓아내지 못하는 거다.

아무리 친러라고 해도 러시아가 국가를 넘기라고 할 때 넘기지는 않을 테니 결국 같이 싸워야 하기 때문이다.

"그런 자존심 때문에라도 터키는 '우리는 핵무장 안 합니다.'라고는 못 합니다. 더군다나 터키는 현재 분위기가 안 좋으니까요."

"하긴 그건 그렇지요."

독재 국가로 간 후로 터키는 더 이상 과거의 찬란한 영광의 나라가 아니었다. 군사력 11위이기는 하지만 거의 대부분의 장비가 구형이고 그걸 신형으로 바꿀 만한 돈이 별로 없다.

더군다나 독재자가 된 대통령 입장에서 일이 이 지경이 되었는데 '우리는 핵무장 안 합니다.'라고 선언해 버리면 그리스나 나토 국가에 고개를 숙이는 꼴로밖에 보이지 않으니 핵무장을 안 하더라도 자존심을 지키기 위해 '각 국가의 선택' 운운할 수밖에 없었다.

"뭐, 그건 CIA에서 할 일이고. 러시아 측은 어떻습니까?"

"일단 이야기는 다 해 놨습니다. 만일의 사태에 대비해서 비상 공급 체계를 만들어 두고 있습니다만."

"네, 잘하셨습니다."

"그런데 이건 필요 없을 텐데요?"

"중요한 건 필요한 게 아니라 필요하다고 '생각하게 된다는' 거죠."

"그건 그런데요. 후우, 복잡하군요."

로버트는 고개를 절레절레 흔들었다.

노형진이 로버트에게 부탁한 것은 다름 아닌 긴급 지원 서비스의 주요 기지 이동이었다.

정확하게는 비상시 사용할 수 있는 곳을 알아보고 그걸 위한 안전 확보와 비상시 러시아 정부에 해당 지역의 안전을 확보하는 과정을 모두 협조해 두라는 거였다.

물론 이게 뭔지 모르는 상황에서 러시아는 일단 긍정적으로 의사를 표현해 왔다.

이러니저러니 해도 긴급 지원 서비스로 인해 생계를 이어 가는 사람이 한둘이 아닌 데다 특히나 가족들이 전쟁터로 끌려간 사람들 또는 가장이 전쟁으로 죽은 사람들의 상당수는 그러한 지원이 없으면 당장 굶어 죽게 생긴 상황이기에 러시아 입장에서도 선택지가 없었다.

그리고 어차피 군사작전이나 정보 작전도 아닌 중립적인 입장에서 하는 인도적 행위고, 그 핵심 자금의 출처가 마이스터이기는 하지만 해당 시스템을 유지하는 건 외교적 문제로 중립을 지키고 있는 한국 지부이기에 문제 될 건 없었다.

"여차하면 소개시킬 준비도 확인하시고요."

"돈이 적잖이 들 텐데요?"

"계획만 세우라는 겁니다. 그건 돈이 얼마 안 들잖아요?"

"그건 그렇습니다만."

"그러니까 잘 세워 두세요. 조만간 이제 써먹을 시간이 다가올 테니까요."

그리고 그 시간은 생각보다 빠르게 다가왔다.

나토에서 터키와 그리스가 싸움이 붙기 시작하자 그런 주장과 대립하는 나라들과 국민들이 한둘이 아니게 되었다.

사실 전 세계에서 옆 나라와 사이가 좋은 나라는 거의 없을 수밖에 없고 옆 나라에서 '핵무기를 구입하려고 한다.'라고 하면 당연히 다른 나라는 기겁할 수밖에 없었다.

심지어 그 소문은 한국과 일본 사이에서도 날 수밖에 없었다.

'일본에서 핵무장을 하기로 했다.'라는 소문이 나자마자 한국 국민들은 당장 우리도 핵무장 해야 한다고 외치기 시작했다.

그리고 노형진은 그 과정에 기름을 부었다. 정확하게는 혼란을 유도했다. 방법은 아주 간단했다.

"핵무기의 판매 요청이요?"

"그리스와 터키가 핵무기 판매 요청을 했다던데, 사실 확인 바랍니다."

"그⋯⋯."

자칸디르 파키스탄 대통령은 순간 '그런 적 없습니다.'라고 말할 뻔했다. 하지만 그는 이내 입을 다물었다.

'똥줄이 탈수록 받아 낼 건 많아진다.'

그랬기에 그의 대답은 애매했다. 정확하게는 그가 노리는 딱 그만큼만 이야기했다.

"확인해 드릴 수 없습니다."

"전 세계에 핵전쟁이라도 일으키겠다는 겁니까?"

"이건 애초에 확인할 수 있는 게 아니지 않습니까? 미국에 핵무기를 배치한 국가에 대해 대답해 달라고 하면 확인해 줄 겁니까?"

"그거랑 이건 다르죠."

"아뇨. 같습니다. 저희는 이 건에 대해 확인해 드릴 수 없습니다."

"후회하실 겁니다."

"애초에 저희가 확인할 수 없는 걸 말씀드릴 수는 없지 않습니까?"

자칸디르는 미국 대사에게 엄포를 놓았고, 미국 대사는 식식거리면서 화를 내면서 돌아갔다.

"각하, 괜찮을까요?"

"좀 아슬아슬하지만 어쩔 수 없어. 지금 우리는 돈이 한 푼이라도 더 필요해. 좀 욕먹더라도 어떻게든 지원을 받아 내야 해."

비서관의 말에 자칸디르는 쓰게 웃었다.

"진짜로 핵을 팔아야 한다고 생각할지도 모른 상황이었지 않은가? 우리가 살아남을 수만 있다면 욕이 대수인가?"

"그건 그렇죠."

나라를 복구하기 위해서는 지원이 필요하다. 그리고 그 지원을 해 줄 수 있는 건 서방 국가들, 정확하게는 미국뿐이었다. 그랬기에 그들은 단호하게 선택했다.

"우리가 애매모호하게 굴수록 저들은 똥줄이 바짝바짝 탈 거야. 그리고 우리가 잘못하는 것도 아니잖아?"

"맞습니다."

자국의 모든 문제를 이야기하는 나라는 없다. 특히나 핵폭탄 판매와 같은 예민한 문제는 더더욱 그렇다.

어떤 나라가 핵을 사고자 했는지 이야기하면 그 나라가 핵무장을 노리는 셈이 돼서 국제적인 제재를 받을 가능성이 커지기 때문이다.

"우리는 조용히 있으면 돼."

자칸디르는 그렇게 말했다. 그리고 그건 틀린 말도 아니었고 또한 노형진이 정확하게 노리는 바였다.

⚖

공포는 빠르게 퍼졌다. 그리고 미 정부에서는 은밀하게 공포를 조장했다.

　정부 고위 관계자, 핵을 구매한 나라에 대한 확인 실패
　미 정부 고위 관계자, 핵폭탄이 얼마나 퍼졌는지 알 수 없다고
밝혀
　우크라이나, 이미 핵무장 했을 가능성 시사
　발트3국, 우리도 안전을 위해 핵무장에 대해 진지하게 고민해
야 할 때
　일본, 핵무장 카드 만지작

전 세계에서 터지는 불확실한 소설.
하지만 핵이라는 무기는 조회수를 빨아먹기에 최고의 카
드였기에 여러 언론에서 파고들었고 특히 일부에서는 아예
대놓고 떠들었다.
입증할 수 없기에 누구도 책임을 지지 않을 테니까.

　인류의 멸망이 다가온다. 전 세계를 몰아친 광풍
　아인슈타인, "3차대전에서 뭘 가지고 싸울지 알 수 없다. 하지만
4차대전은 돌과 막대기로 싸울 것." 그 예언이 이루어지나
　탈레반, 핵무기 이미 손에 넣었다?

"이게 이렇게 난리가 나나."

빌 웨이든은 전 세계에서 몰아닥치는 광풍에 혀를 내둘렀다.

"제가 말씀드렸다시피 핵이라는 게 그런 겁니다."

그렇잖아도 전 세계의 대부분의 사람들은 러시아-우크라이나 전쟁이라는 것을 거의 실시간으로 전달받고 있다. 그 상황에서 러시아와 체르덴코가 핵 협박을 했고, 그 결과 핵에 대한 공포감이 스멀스멀 올라오는 상황에서 이런 공포를 조장하는 건 어려운 일이 아니었다.

"물론 핵의 통제는 확실하게 이루어지고 있지만요."

"그렇지."

누군가가 핵무기를 판다? 설사 그곳이 미국의 우방이라고 해도 미국은 지워 버릴 각오가 되어 있다. 실제로 파키스탄이 북한에 판 건 기술이지, 핵무기가 아니다.

애초에 미국이 파키스탄의 핵무기의 개발을 방치한 이유도 간단했다. 그들의 기술력이 되지 않을 거라 생각했고, 그걸 개발한다고 해도 그걸 보관하고 관리할 능력이 되지 않아서 당연히 실패할 거라 생각했기 때문이다.

그러나 성공했고 그래서 골칫덩어리가 된 거다.

통제 밖에 있는 핵의 존재를 알게 된 전 세계 사람들 입장에서는 비명을 지르는 것 말고는 할 수 있는 게 없었다.

"이쯤에서 내가 나서면 되는 겁니까?"

빌 웨이든이 나서서 파키스탄을 설득하고 우크라이나에 대한 지원을 약속하는 대가로 핵 구입을 포기시키겠다고 하면 사람들은 아마 입을 다물 거다.

멀리에 돈을 쓰는 게 낫지, 바로 옆에 있는 철천지원수가 핵무장 하는 건 뒤통수가 근지러울 테니까.

"아직은 아닙니다. 아직 큰 거 한 방이 남았습니다."

"큰 거 한 방?"

"네. 러시아에서 이미 작전 중입니다."

"저에게 말도 안 하고 말입니다."

"하하하, 작전이라고 하니까 크고 위험한 작전인 줄 아시나 봅니다. 그냥 보급 시스템을 좀 바꿀 뿐입니다."

노형진의 말에 빌 웨이든은 고개를 갸웃했다. 하지만 이내 뭔가 떠오른 듯 고개를 끄덕거렸다. 마이스터에서 러시아의 국민들에게 생존 물품을 지원한다는 것 정도는 알고 있었으니까.

"보급? 아, 긴급 지원 시스템이요?"

"네."

"그걸 바꾸는 게 이번 일과 무슨 관련이 있습니까?"

"아주 크게 있죠. 불을 질렀으니까 꺼야 하지 않겠습니까?"

노형진은 어깨를 으쓱하며 말했다.

"체르덴코가 불 질렀으니 직접 끄라고 해야지요, 후후후."

⚖️

러시아에는 수많은 지원이 들어가고 있었다. 돈이 아니라

식량과 생필품으로 말이다.

그랬기에 경제가 무너져도, 그리고 가장이 전쟁터에서 죽어도 가족들은 어찌어찌 목숨만은 붙이고 살 수 있었다.

당연히 그건 중립적인 단체들을 통해 이루어졌기 때문에 러시아 정부도 그걸 막지 않았다. 그리고 노형진은 바로 그점을 노렸다.

"비상시에는 여기로 오세요."

상트페테르부르크에서 배급을 담당하는 세르게이는 잔뜩 기대하는 얼굴로 자신을 바라보는 모녀를 보다가 한숨을 푹 쉬었다.

'못 할 짓이네, 진짜.'

남편은 이미 전쟁터에서 죽었다던가? 정부에서 나온 돈은 생존은커녕 최소한의 보상도 안 되는 돈이었고, 여자만 세 명인 이 집에서 제대로 된 돈을 버는 건 불가능했다.

심지어 한 명은 아직도 젖먹이.

그러니 이 모녀는 오로지 긴급 지원 프로그램으로만 연명해야 했다. 물론 나중에 돌려받지 못할 가능성이 크지만 말 그대로 생존이 우선이기에 이런 경우는 한 명의 성인과 한 명의 아이와 한 명의 영아의 생존에 필요한 최소 물품을 지원하는 게 규칙이었다.

문제는 그게 최소라는 거다. 그래서 자신이 이제 해야 하는 말이 얼마나 큰 충격으로 다가올지 예상하는 게 어렵지 않았다. 하지만 방법이 없었다.

"이거 받아 두세요. 잘 보이는 데 두시거나 암기해 두세요. 비상시에는 무조건 이곳으로 오셔야 합니다."

"이게 뭔가요?"

"비상 대책 매뉴얼입니다."

"비상 대책 매뉴얼?"

엄마 입장에서는 뜬금없는 말이었다. 지금도 힘들어 죽겠는데 이게 무슨 소리란 말인가?

"지금도 힘든데……."

"그게 아니라요……."

"네?"

"일단…… 차에 기름은 있습니까?"

"차에요? 기름은 있기는 한데……."

"가능하면 채워 두세요, 가득. 그러면 여기까지 찾아오실 수 있을 거예요."

"도대체 무슨 일인데요?"

"그게……."

세르게이는 고민하다고 주변을 둘러봤다. 그러고는 자신이 옮기던 물건을 짊어졌다.

"무거우니까 안까지 가져다드릴게요."

"감사합니다."

다행히 여자는 눈치가 빨랐고 짐을 가지고 집으로 들어온 뒤 재빨리 아이를 방으로 올려 보냈다. 그러고는 두려운 눈빛으로 세르게이를 바라보았다.

"무슨 일인지 말씀해 주시면 안 되나요? 저희는 여자뿐인 집이라…….."

비상사태가 터지면 저항하지 못할 거라는 걸 그녀도 알기에 그녀로서는 다급할 수밖에 없었다.

극단적 혼란 상태에서 여자가 할 수 있는 건 거의 없다. 더군다나 그녀는 아이만 둘을 가진 상황이다. 최악의 경우 아이들도 위험했기에 그녀는 조심할 수밖에 없었다.

"핵전쟁에 대한 소문이 돌고 있어요."

"핵전쟁이요?"

"네, 체르덴코가 유럽에 대한 핵 공격을 천명했습니다. 유럽과 미국은 이미 핵전쟁에 대한 대비 태세예요. 유럽 각지에서 핵무장을 시작했습니다."

그 말에 그녀는 털썩 주저앉았다. 핵전쟁이 터지면 자신들은 어떻게 될까? 아이들은? 살아남을 수 있을까?

"여기는…… 여기는 어떻게 되는 거죠?"

"여기는…… 후우. 솔직히 위험하죠."

상트페테르부르크. 과거의 이름은 레닌그라드.

2차대전 당시에 피로 피를 씻는 전투가 벌어졌던 곳이다.

이곳에서 그런 일이 벌어진 이유는 간단하다. 교통의 요지니까. 당연하게도 방어에도 핵심 지역이다.

그리고 지금도 상트페테르부르크는 러시아에서 가장 큰 도시 중 하나다. 만일 핵전쟁이 터진다면 여기는 제1 타격 대상이 된다.

"그러면 이게 무슨 의미가 있죠?"

핵전쟁에 터졌을 때 안전을 위해 긴급 지원을 받을 수 있는 장소로 오라고 이야기는 하지만 과연 갈 수나 있을까? 아니, 살아남을 수나 있을까?

설사 간다고 한들 과연 지원 시스템이 살아나 있을까?

그걸 떠나서 수십 수백만 명이 모이는데 그곳을 핵으로 공격 안 할까? 살아남은 사람들은 죄다 러시아의 군인으로 징병되어 갈 텐데?

"일단…… 저희도 최선을 다하고 있습니다. 물론 무슨 말씀을 하시는지는 저희도 압니다. 하지만…….."

국가 간 핵전쟁을 일개 자선단체가 막을 수는 없다. 그들이 할 수 있는 건 그저 피해를 줄일 수 있도록 방법을 찾는 것뿐.

"혹시 시골이나 한적한 곳에 지낼 만한 곳 없습니까?"

"지낼 만한 곳이요?"

"네, 그곳이 있으면 미리 피하는 것도 방법입니다. 원하신다면 위에 말해서 수령지를 바꿔 두겠습니다. 물론 모든 지역이 다 수령 가능한 건 아니겠지만."

하지만 진짜 오지만 아니라면 지원이 가능할지도 모른다.

"그…… 스니자가 원래 집이에요."

"스니자도 워낙 넓어서……."

"도심 쪽이에요."

"아, 다행이네요. 스니자 도심 쪽은 지원이 가능합니다."

그리고 스니자는 진짜로 시골이라 아무것도 없다. 굳이 인구 몇만짜리 도시에 핵폭탄을 날릴 이유는 없다. 이미 전 세계에 표적이 가득할 테니까.

"그러면 지금이라도 갈까요?"

"이거 다시 차에 실어 드릴까요?"

세르게이가 방금 가져온 짐을 바라보면서 말하자 그녀는 고개를 끄덕거렸다.

"부탁드려요."

그리고 그녀는 서둘러서 핸드폰을 들었다.

"여보세요. 엄마? 나야. 혹시 집에 자리 있어?"

⚖️

핵전쟁에 대한 공포. 과연 그게 유럽과 미국만의 이야기일까?

아니다. 미국과 유럽에 대해 체르덴코가 협박했다지만 그 반격을 할 거라는 걸 러시아 사람들도 안다.

그들이라고 러시아 정부를 믿을까?

그럴 리가 없다. 그들도 러시아가 자기들을 통제하고 거짓

말하고 진실을 감추고 있다는 걸 안다. 하지만 대응할 방법이 없기에 그저 입 다물고 있을 뿐이었다.

그리고 그러한 통제는 정보의 부재를 낳는다. 그리고 정보의 부재는 공포와 혼란을 가져온다. 지금 딱 모스크바가 그랬다.

인터넷에서 방송에서 모든 것이 통제되는 상황에서 소문은 강력한 힘을 가진다. 그리고 그건 점점 확대해석이 된다.

시골에서 이웃집에서 남녀가 손잡았다고 하면 다음 주에는 결혼 날을 잡았다는 소문이 도는 게 그 이유다. 하물며 남녀 문제도 그런데 과연 핵은 어떨까?

정보가 통제되지 않은 다른 나라는 '각 나라에서 핵무장을 위해 핵을 사기 위해 노력한다.' 정도의 소문이었지만 정보가 통제된 러시아에서, 그것도 비밀경찰을 피해서 나도는 은밀한 이야기는 확대해석이 될 수밖에 없었다.

"전 세계에서 핵전쟁이 확실시되는 모양이야."

모스크바의 기업에서 몇몇 직원들이 모여서 불안한 눈빛으로 떠들고 있었다.

그렇잖아도 전쟁과 물가 상승, 그로 인한 물자 부족으로 고통 받는 러시아다.

더군다나 노형진의 함정에 빠진 기업들이 줄줄이 도산해서 그러한 불안감으로 가득한 시점에 은밀하게 퍼지는 소문이 좋을 리가 없다.

"핵전쟁이라고?"

"그래, 지금 이미 전 세계가 핵전쟁으로 소문이 파다한 모양이야."

"설마."

"설마가 아니라니까. 이미 미국하고 유럽은 핵을 배치했다고!"

"하지만 뉴스에서는……."

"넌 뉴스를 믿냐? 그 특별 군사작전이 지금 계속되잖아? 죽는 사람은 없다는데 왜 그게 안 끝나는데?"

사망자는 공식적으로 발표되지 않는다. 그런데 정작 전쟁은 안 끝나지도 않고 끌려간 사람들은 돌아오지도 않는다.

"야, 저기 3과에 이반 아들이 가서 죽은 거 몰라?"

"뭐? 이반 아들 죽었어?"

"몰랐냐? 이반 아들이 원래 군인이었잖아. 그런데 죽었다잖아."

그 말에 직원은 목소리를 낮췄다.

"진짜로 지고 있다는 거야?"

"말로는 이기고 있다는데 그게 말이 되느냐고. 방송에서 진격했다고 말한 거리를 진짜로 다 진격했다면 우크라이나가 아니라 파리까지 갔겠다."

그 말에 동료는 아무런 말도 못 했다. 그 말이 사실이니까.

"그런데 핵전쟁이라니 진짜일까?"

"하지만 체르덴코가 유럽을 핵으로 협박한 건 사실이잖아."

"그거야……."

대변인도 아니고 방송에 나와서 '전 유럽을 불바다로 만들겠다.'라고 떠든 게 체르덴코인 만큼 그걸 부정할 수는 없다.

"그래서 핵전쟁이라고?"

"너 같으면 핵 처맞고도 가만있을래?"

"……."

당연히 반격할 거다. 미국도, 유럽도 핵을 가지고 있으니까.

"이런 멍청한 짓을 왜 하는 거야?"

우크라이나를 왜 통째로 먹으려고 하는지, 그들은 짜증이 났다. 그도 그럴 게 우크라이나를 먹는다고 해서 자기들의 형편이 나아지지도 않기 때문이다.

초반에야 애국심에 잔뜩 신나서 '특별 군사작전 만세!'를 외치고 '체르덴코 만세!'를 외쳤지만 지금은 그러지 않는다. 그리고 전쟁에 대해 입에 담을 수도 없었다.

왜냐하면 단 한 마디라도 부정적인 말을 하면 그날로 끌려가서 최전선 바로 앞에 박아 버리기 때문이다.

그랬기에 그들은 조용히 입을 다물고 있어야 했다.

"하지만 핵전쟁은 너무하잖아."

체르덴코만 죽는 게 아니다. 전 러시아인이 다 죽을 거다.

"멍청한 체르덴코!"

"쉿. 조용히 해. 끌려가고 싶어?"

"미치겠네. 핵전쟁이 터지면 모스크바는 1순위 타격일 텐데."

"그래서 빠져나가는 사람이 겁나 많아."

"진짜?"

"그래, 나도 빠져나가려고."

"야, 회사는 어쩌려고?"

"일할 게 있기는 하냐?"

"그건 그런데……."

무역 회사인 자신의 회사는 할 수 있는 게 별로 없기는 하다.

"그리고 사장도 가능하면 피하라는 소리 한다더라."

"사장이."

"자기도 뜰 생각 하는 모양이던데?"

"회사를 두고?"

"지금 회사가 중요해?"

"하긴 그러네."

핵이 터지면 어차피 날아갈 회사다. 차라리 회사가 날아가더라도 자기가 사는 게 낫다.

"그런데 왜 대놓고 말을 안 하고……."

"이 상황에서 대놓고 회사를 휴업하면 체르덴코가 바로 사장이랑 직원들을 대포밥으로 밀어 넣을걸."

"하긴."

그러니 알아서 조용히 휴직계를 내고 조용히 숨어라. 그렇게 직원들 사이에서 알음알음 소문을 내고 있다는 것.

"너도 잘 생각해라. 네 아들 지금 몇 살이지?"

"열일곱 살이지."

"핵전쟁이 터질 정도로 개판되면 어떻게 될 것 같냐?"

그 말에 동료는 온몸에 소름이 돋았다. 아마도 아들은 자신과 함께 징병되어서 전쟁터로 끌려갈 거다.

"이거…… 식량을 사서 모아야겠는데?"

"식량뿐이겠냐?"

그 말에 동료는 마음이 급해졌다. 그렇잖아도 부족한 식량이다. 그런데 그걸 어떻게 사 모은단 말인가?

"미치겠네."

하지만 그의 머릿속에는 일단 모스크바를 떠나자는 생각만 들고 있었다.

처음에는 작은 소문이었다.

하지만 걷잡을 수 없이 퍼진 소문은 체르덴코가 알아차렸을 때쯤에는 이미 통제 불능 상태였다.

체르덴코나 전쟁에 대해 조금이라도 부정적인 말을 하면 바로 잡아갔기에 다들 극도로 조심해서 이 소문이 퍼지는 것 자체를 몰랐던 것이다.

그걸 알게 된 것은 징병소에 벌어진 총기 난사 때문이었다.

징병소에 무장한 한 남자가 나타나서는 징병관과 병사들 그리고 거기에 있던 모든 남자들을 쏴 죽인 것이다. 그리고 그가 내지른 고함은 세상에 충격에 빠트렸다.

"어차피 끌려가면 핵 한 방에 다 죽을 거야! 다 죽을 거라고! 씨팔, 핵전쟁이라니! 핵전쟁이라니! 이 개 같은 새끼들아! 너희들 때문이야! 너희들 때문……!"

반쯤 미친 남자는 닥치는 대로 쏴 죽였고, 현장에서 무려 스무 명이 죽고 나서야 현장에 있던 다른 군인의 손에 죽었다.

그리고 그 조사를 하면서야 러시아는 지금 도는 소문의 문제를 알아차린 것이다.

"핵? 우리한테 핵이 떨어진다고?"

"그렇습니다."

"뭔 개소리야! 저 멍청하고 겁 많은 미국과 유럽 놈들이 우리에게 핵을 쏠 리가 없잖아!"

어이없어 하는 체르덴코의 말에 비서는 고민하다가 사실대로 말하기로 했다. 어차피 감춰 봐야 나중에 걸리면 숙청되니까.

"그게 아닙니다."

"그게 아니라고?"

"각하께서 핵을 쓴다고 먼저 하셨기 때문에……."

"뭐?"

"지금 핵전쟁은 저쪽이 먼저 쏘는 게 아니라 우리가 쏘면 반격할 거라고……."

"큭."

그 말에 체르덴코는 아차 했다. 그게 사실이니까.

아무리 병신이라도 핵을 처맞았는데 그냥 참을 리가 없다.

그래서 핵전쟁이 인류 최후의 전쟁이라 불리는 거다. 너도 한 방 나도 한 방, 사이좋게 한 방씩 주고받는 게 아니라 일단 시작되면 무조건 싹 다 죽을 때까지 계속되기 때문이다.

"내가……."

확실히 체르덴코는 핵을 쓰겠다고 했다. 하지만 진짜로 쓸 생각은 없었다. 도리어 자신이 진짜 핵을 쏘려고 한다면 아래 장군들이 쿠데타를 일으킬 게 뻔했다.

체르덴코가 핵으로 위협한 것은 겁먹은 미국과 유럽 놈들이 꼬리를 말고 우크라이나에 대한 지원을 끊기를 바랐기 때문이다. 그런데 핵이라니?

'실수다.'

물론 그 작전은 성공했다. 실제로 미국과 유럽의 국민들 중 일부는 왜 자신들과 상관없는 러시아와 우크라이나 전쟁에 지원해 주냐면서 들고일어나기도 했다. 거기까지는 좋았다.

그런데 핵이라니.

문제는 이게 자기가 저지른 일이라는 거다. 미국도, 유럽도 핵을 쓴다고 한 적도 없고 반격한 적도 없다는 거다. 그저 강하게 항의했을 뿐이었다.

"아무래도 파키스탄에서 핵을 판매한다는 소문 때문에 이런 소문이 더 커진 것 같습니다. 다른 곳은 몰라도 우크라이나는 핵을 쓸 가능성이 있지 않습니까? 이미 미국이 제공한 투사체도 있고요."

"그 멍청한 파키스탄 놈들은 핵을 안 판다고 했다고!"

당연히 러시아도 파키스탄에 대해 극렬하게 항의했다. 그리고 파키스탄은 은밀하게 러시아에 핵의 판매 계획이 없음을 알려 왔다. 그저 홍수 복구 비용을 받아 내기 위해 블러핑하는 거라고 말해 왔던 것.

애초에 중국의 지원으로 버티는 나라가 중국의 최우방인 러시아가 전쟁 중인 우크라이나에 핵을 팔 리도 없기는 했다.

그랬기에 체르덴코는 모른 척했다. 파키스탄에서 미국에서 지원금을 받아 내면 그만큼 우크라이나로 가게 되는 돈이 줄어들 거라 생각했으니까.

그런데 이게 이런 식으로 돌아올 줄은 진짜 생각도 못 했다.

"젠장, 이게 아니었는데."

협박할 때 그게 자기네 사람들한테 어떤 영향을 줄지 생각해 보지 못한 체르덴코는 이게 진짜 악몽 같았다.

"지금 분위기가 어때?"

"일부 도시에서 사람들이 빠져나가고 있고 산업이 멈추고 있습니다."

"산업이 멈추고 있다고?"

"그렇습니다."

그렇잖아도 체르덴코의 강제징집령으로 인해 부족한 남자들이다. 젊은 남자들은 전쟁이 장기화되면서 징집령에 대한 소문이 돌자 죄다 빠져나갔는데, 특히 한국에서 막대한 노동력을 빼 갔다.

공식적으로는 코델09바이러스로 인해 이탈한 중국인 노동자를 대체하겠다는 명목이었고, 사실이기도 해서 막을 수조차 없었다.

그렇다 보니 징집령을 발동했는데도 남자를 구할 수 없어서 러시아군과 러시아 경찰은 길거리를 돌아다니다가 젊은 남자가 보이면 닥치는 대로 끌고 가든가, 아니면 수업 중인 대학생을 급습해서 끌고 가든가, 심지어 일하는 기업을 습격해서 젊은 남자들을 닥치는 대로 끌고 가고 있었다.

물론 법적으로는 '군 경험이 있는 예비역들에 대한 징집'이지만 그걸 진짜로 지키는 사람은 없었다. 그랬기에 징집병들의 대다수는 전투는커녕 무기도 제대로 못 다뤘다.

그러한 분위기로 러시아의 기업들이 휘청거리고 일부는 실제로 망하고 있는 상황에서 핵폭탄의 위협으로 인해 아예 기업 자체가 멈추거나 실제로 아예 지방으로 이전하려는 시도를 하고 있다는 것.

"심각한가?"

"심각합니다."

남자들이 빠져나간 자리는 여성들이 메꿔야 한다. 그리고 여성들이라고 해서 핵전쟁이 피해 가지는 않을 거다. 그랬기에 여성 노동자들의 이탈이 가속화되고 있었다.

　"그리고……."

　추가로 보고하려고 하자 체르덴코가 손을 번쩍 들었다.

　"아아~ 그만해. 무슨 말을 하려는 건지 알고 있으니까."

　그 말에 비서관은 말을 아꼈다. 알든 모르든 자신이 추가로 말하면 다음 대포밥은 자신일 테니까. 그나마 다행인 건 체르덴코가 하는 예상이 틀린 게 아니라는 것이었다.

　"망할."

　반체르덴코 운동이라고 해야 할까, 아니면 반복종 운동이라고 해야 할까?

　전쟁으로 인해 이미 민심이 나락으로 떨어진 상황이다. 자신이 자리를 지키고 있다지만 이미 권력에 누수가 생기고 있다.

　그런 상황에서 핵이 투하된다? 그러면 국민 입장에서는 '이렇게 죽나 저렇게 죽나 한번 붙어 보자.'라고 덤빌 것이다.

　그리고 현실적으로 핵에 맞는 것보다 체르덴코를 끌어내리는 게 훨씬 나은 선택이다. 체르덴코를 끌어내릴 때는 잘해 봐야 10만 명쯤 죽겠지만 핵이 투하되면 최소 천만 명쯤 죽을 테니까.

　아주 높은 확률로 인간 자체가 멸종할지도 모르고 말이다.

　"일단은 소문내는 놈들은 싹 다 잡아들여."

"네, 알겠습니다, 각하."

비서는 그렇게 말하면서 속으로 헛웃음을 삼켰다.

'어떻게?'

자신들도 이렇게 늦게 알아차린 이유가 뭔가?

지금의 국민들은 조금이라도 정부와 관련된 사람이 있으면 아예 입을 열지 않는다. 그런데 어떻게 감시하고 찾아다니면서 잡아들이란 말인가? 과거 KGB처럼 전 국민을 도청이라도 하란 말인가?

하지만 그에 대한 대답은 숙청밖에 없을 것이기에 그가 할 수 있는 것은 일단 고개를 끄덕거리는 것뿐이었다.

"그리고……."

그 순간 문이 열리면서 다른 비서가 안으로 들어왔다.

"뭐야? 지금 이야기 중인 거 안 보여!"

체르덴코는 새로 들어온 비서에게 짜증 냈다.

그리고 안에 있던 비서도 눈빛으로 '씨발, 넌 지금 눈치도 없냐?'라는 욕을 했다. 직급도 낮은 새끼가 자신이 보고 중에 들어온다니.

하지만 그 비서도 할 말은 있었다.

"각하, 지금 급하게 확인하실 게 있습니다."

"확인?"

"이걸 보셔야 합니다."

그는 다급하게 태블릿을 내밀었다. 거기에서는 미국 뉴스가 흘러나오고 있었다.

　－빌 웨이든 대통령이 지금 파키스탄행 비행기에 몸을 실었습니다. 빌 웨이든 대통령은 전 세계적인 핵전쟁을 막기 위해 파키스탄과의 협상에 적극 임할 것이라 발표하며…….

　빌 웨이든이 파키스탄과 우크라이나 그리고 터키와 그리스 등 주요 국가를 방문하겠다는 계획.
　그리고 어떻게든 핵전쟁을 막겠다는 발표였다.
　"이놈이?"
　그걸 본 체르덴코는 뒤통수가 얼얼할 수밖에 없었다.
　"당했다!"

정치와 거래

빌 웨이든은 가장 먼저 간 곳은 우크라이나였다. 그리고 그곳으로 가는 전용기 안에서 노형진을 바라보며 미소를 지었다.

"당신 말대로군요, 전 세계가 공포에 벌벌 떠는 걸 보니."

"인간은 결국 자기가 우선이니까요."

내가 우선이라서 우크라이나에 지원해 주는 건 아깝지만 역설적이게도 그 지원을 통해 자기 머리 위로 핵폭탄이 떨어지는 걸 막을 수 있다면 그 지원을 안 아까워하는 게 바로 인간이다.

그랬기에 어느 틈엔가 우크라이나에 대한 지원을 하지 말자는 주장을 하는 사람들은 사라지고 없었다.

"물론 아예 사라진 건 아닐 테지만요."

하지만 그건 극소수이고 정보부의 분석에 따르면 러시아 계열이 정보 집단 또는 중국 계열의 정보 집단에서 하는 작업일 가능성이 크다고 판단하고 있었다.

'상식적으로 러시아가 우크라이나를 지배하면 핵전쟁은 없을 거라는 생각이 대갈빡에서 나온다는 것 자체가 말이 안 되는 거지.'

그런 논리대로라면 러시아가 전 세계를 지배하면 핵전쟁이란 없을 테니 러시아가 전 세계를 지배하는 게 맞다.

그리고 그딴 식이면 어떤 나라든 지배자가 되든 상관없다. 우간다나 나이로비가 전 세계를 지배해도 일단 핵전쟁은 안 터질 테니까.

하지만 그러면 안 되니까 이 지랄 하는 게 아니던가?

"그나저나 러시아에서는 재미있는 일이 벌어졌던데?"

빌 웨이든은 노형진을 보면서 피식 웃었다.

"뭐, 어딜 가나 작용과 반작용이 있는 법이니까요."

"그건 확실히 그렇더군요. 이건 생각도 못 했어요."

빌 웨이든은 확실히 인정한다는 듯 고개를 끄덕거렸다. 그러고는 목소리를 낮추며 물었다.

"그래서, 이제는 어떻게 하면 될 거라 생각합니까?"

"우크라이나는 뭐 요식행위 아닙니까?"

"그건 그렇지요."

우크라이나에는 충분한 지원을 해 주는 대신 핵무기의 구입 시도를 포기하는 조건으로 협상이 이미 다 되어 있는 상황이었다. 탱크와 장갑차 그리고 구형의 전투기 등을 통한 지원이 주요 핵심이었다.

'그리고 사실 이미 다 주기로 이야기가 된 거란 말이지.'

하지만 지금 사람들의 반발 때문에 그걸 발표하지 못하고 조용히 진행되려던 상황이었다. 그런데 상황이 이렇게 되면서 전차 좀 쥐여 주고 핵무장을 막는 게 우선이 되어 버렸으니 무난하게 우크라이나에 대한 지원을 진행할 수 있게 된 것.

'원래 역사에서도 준 물건들이니까.'

그러니 이번 사태로 인해 우크라이나가 큰 이득을 봤다고 또 볼 수는 없다. 왜냐하면 애초에 제공될 물건들이 구형 중에 구형이기 때문이다.

하지만 사람들은 그걸 모를 거다.

"그나저나 이번 일이 잘 해결될지 모르겠군."

"우크라이나는 어렵지 않을 겁니다."

일단 애초에 핵무장을 할 생각이 없으니까.

그저 이번에 대응하기 위해 핵무장, 정확하게는 핵 구입이라는 카드를 꺼내 든 것뿐이다.

"이미 협상이 어느 정도 끝났으니까요."

"우크라이나는 무기 지원의 지속을 원하는 거니까 말이오?"

"맞습니다."

'물론 과거보다는 더 줘야겠지만 말이지.'

하지만 그게 자신들의 재선에 큰 영향을 준다면, 그것도 자신에게 유리한 영향을 준다면 빌 웨이든은 그걸 거절할 이유가 없다.

"파키스탄도 어느 정도 이야기가 끝나 가는 것 같고."

"그쪽도 진짜로 핵무기를 팔지는 못하니까요."

그들이 원하는 건 지원일 테니까. 다만 그 지원에는 함정이 있을 테지만.

"이번에 일이 잘되면 좋겠는데 말이오."

"잘해 봐야지요. 그러기 위해 이 난리를 피운 거니까."

노형진의 말에 빌 웨이든은 쓰게 웃을 뿐이었다.

⚖

우크라이나에서의 일은 사실 별게 없었다. 이 협상에서 가장 힘들었던 부분은 핵무장에 관련된 부분이 아니었다. 도리어 시간이었다.

시간이 없어서?

아니다. 시간이 남아서다.

"이거…… 이쯤에서 파토를 내야 할까요?"

빌 웨이든은 자기 카드를 보다가 말했다. 그러자 중재자 자격으로 참가한 노형진이 피식 웃었다.

"쫄리시나 보군요."

"끄응, 이길 수가 없군요. 맞습니다. 다이."

빌 웨이든은 그렇게 말하면서 자기 카드를 던졌다.

"도대체가 이길 수가 없군요."

"하하하."

"그나저나 이렇게 시간을 보내도 됩니까?"

다른 한쪽에서 있던 카진스키는 떨떠름하게 말했다.

"보내야 합니다."

"어째서요?"

"협상은 원래 어려워 보여야 하거든. 그래야 빌 웨이든 대통령의 지지율이 높아집니다."

가서 한 10분 만나고 갑자기 극적으로 '핵무장을 포기하기로 했습니다!'라고 발표해 버리면 사람들이 진정성과 절박함을 의심할 거다.

그러니 이런 경우는 극단적인 대립도 보여 줘야 하고 극단적인 피폐함도 보여 줘야 한다. 장시간의 협상을 한 사람이 지치지 않고 멀쩡해도 의심스러우니까.

그래서 노형진이 꺼내 든 게 바로 카드다.

카드놀이처럼 사람을 피 말리게 하는 것도 드무니까.

물론 돈을 걸 수는 없기에 손목 때리기라는 황당한 조건이 붙기는 했지만.

"하지만 상황을 보니 이제 슬슬 파토를 내도 될 것 같군요."

"네."

무려 열두 시간. 비행기에서 내려서 잠도 자지 않고 바로 들어온 정상회담이다. 그 덕분에 빌 웨이든은 눈에 핏발이 섰고 얼굴에는 피곤함이 가득했다.

"이쯤에서 합의를 말해도 되는 거 아닙니까?"

"아닙니다. 더더욱 극적으로 보일수록 빌 웨이든 대통령이 다음 총선에서 유리해집니다. 그리고 솔직히 아시지 않습니까? 도널드 올드먼 대통령은 대통령이 되는 순간 모든 지원을 끊어 버릴 겁니다."

도리어 그는 우크라이나에 그간 들어간 돈을 내놓으라고 강짜를 부리고도 남을 인간이다. 좋게 말하면 미국 제일주의지만 그는 국제정치적 감각이 없는 인간이기 때문이다.

"그건 그렇죠."

이미 그에 대해 알고 있던 카진스키는 고개를 끄덕거렸다.

"그러니까 오늘은 이쯤 하고 끝내고 내일 계속하죠. 그나저나 내일은 다른 방법을 해야 할 것 같은데요. 이러다가는 두 분 손목이 안 남아나겠습니다."

"당신 손목이야 멀쩡하겠지요."

빌 웨이든은 구시렁거리면서 자세를 바로 했다.

그때 노형진이 입을 열었다.

"그런 의미에서 내일은 빡세게 한국어 공부를 해 볼까요?"

"한국어? 뜬금없이?"

"제가 경험해 보니까 공부를 빡세게 하는 것도 사람 피 말리게 하더군요."

"내가 대통령이 되고 별짓을 다 하게 되는구려."

빌 웨이든은 쓰게 웃을 수밖에 없었다.

⚖️

그렇게 무려 사흘간 계속된 협상은 전 세계의 관심을 끌었다.

자칫 핵전쟁의 도화선이 될 수도 있는 상황.

그렇기에 그 협상을 다들 심각하게 생각할 수밖에 없었다.

그만큼 우크라이나가 위협적인 상황으로 보였던 것이다. 미국이 그 모든 걸 지원하는 상황인데 그런 미국과 대립을 각오하면서까지 핵무장을 선택할 정도이니 말이다.

더군다나 핵이라는 것이 사람들의 생각과 다르게 아주 만들기 힘든 물건이 아니다. 2차대전이라면 모를까, 현대 기술에서 기초적인 핵무기는 대학원쯤 졸업하면 만들 수 있고 아무리 우크라이나가 코너에 몰렸다고 해도 그 정도 인재가 없지는 않다. 도리어 상황이 상황인지라 그런 인재는 철저하게 보호하고 있다.

진짜 힘든 것은 소형화와 이동수단이다. 그러나 차량에 실어서 터트린다면 어려운 기술이 아니기에 아예 포기하는 것이 중요했다.

그랬기에 다들 공포에 질려서 바라볼 수밖에 없었다. 일단 시작된 핵의 연쇄 도미노를 막기 위해서는 우크라이나가 포기하는 게 우선이니까.

그리고 나흘째 되는 날.

드디어 빌 웨이든은 극적인 타결을 이루어 냈다.

빌 웨이든은 피곤한 얼굴로 카메라 앞에 서서 결과를 발표했다.

"우크라이나는 미국의 굳건한 믿음과 지원을 믿고 핵무장을 포기하기로 했습니다."

물론 조건은 그것만이 아니었다. 정확하게는 구체적인 무장의 지원 수준과 탱크와 전투기의 지원이 확정되었다. 그리고 가장 핵심적인 것은 중국의 뒤통수를 후려치는 약속이었다.

"또한 미국은 우크라이나와 러시아의 전쟁이 끝난 시점, 정확하게는 종전 또는 휴전이 이루어지는 경우를 기점으로 핵우산을 제공하기로 했습니다."

"핵우산 말입니까?"

"그렇습니다. 중국에서 핵우산의 제공을 거부한 상황이고 핵우산 시스템의 붕괴는 전 세계의 핵 공포의 주요 원인 중 하나입니다."

그 말이 사실이다. 애초에 핵우산이란 일종의 당근이다.

'네가 핵 공격을 당하면 내가 복수해 줄게.'라는.

그리고 그 약속이 있다면 아무리 핵보유국이라도 핵무기를 사용하길 주저하게 된다.

그런데 그러한 규칙이 깨진 이유가 바로 중국의 핵우산 제공에 대한 거짓말이었다.

우크라이나가 수차례 핵우산 제공에 대한 보증이나 확답을 요구했지만 중국이 핵우산의 제공을 거부하는 바람에 전 세계가 '중국이 핵우산 제공을 거부하니 미국도 그럴 가능성이 있다.'라고 생각하게 된 것이 핵공포의 핵심 원인 중 하나니까.

"미국이라고 해서 보장해 줄 거라는 걸 어떻게 압니까?"

중국 출신의 기자 한 명이 꼬투리라도 잡고 싶은 건지 바로 물고 늘어졌지만 웨이든의 말을 듣고 이내 입 다물 수밖에 없었다.

"그게 궁금하시면 핵을 쏴 보면 알겠네요."

"……."

무시한 중국과 다르다는 걸 보여 주겠다는 확고한 의지가 느껴지는 말.

그러나 곧 중국의 기자는 다른 방식으로 꼬투리를 잡고 싶어 했다.

"그런데 왜 지금이 아니라 전쟁이 끝나고 나서 핵우산을 제공합니까? 지금 상황에서 우크라이나가 핵을 맞아도 상관없다는 겁니까?"

"물론 아닙니다. 하지만 우리는 러시아가 핵을 사용하지 않을 거라 믿습니다."

"어떻게 확신하죠?"

"이건 전쟁이 아닙니다."

"뭐라고요?"

"이건 특별 군사작전입니다. 전쟁이 아니라요."

전쟁도 아닌데 약소국을 대상으로 핵을 쓴다는 것은 그만큼 러시아가 병신이 된다는 걸 의미한다.

"그리고 유럽에 핵을 쓴다면 유럽은 언제든 반격할 준비가 되어 있습니다. 나토는 하나의 기치 아래 자유와 평화를 지키기 위해 뭉쳤으니까요."

그리고 설사 그게 아니라고 해도 일단 유럽을 대상으로 핵을 쓰면 그때는 핵전쟁이다. 나토의 가입 조건의 방어는 핵도 포함되니까.

"답변이 아니라고 생각하는데요? 당장 핵우산을 제공하면 되는 거 아닙니까?"

"교전국에 대한 핵 문제는 조심스러울 수밖에 없습니다. 현재 우크라이나가 나토에 가입하지 못하는 이유가 그거 아닙니까?"

전쟁 중인 나라는 나토에 가입할 수 없다는 조건. 그것 때문에 우크라이나는 나토에 가입하지 못한다.

"그래도……."

당연히 기자는 어떻게 물고 늘어지려고 했다. 하긴, 중국이 창피당하는 꼴이니까.

"이는 중국과 확실하게 이야기해야지요."

"중국과?"

"전쟁 중 1차 핵우산의 제공 국가는 중국이니까요."

확실히 중국에서 모른 척하고 있어서 그렇지, 중국의 핵우산을 포기한 것도 아니었다. 그렇기에 서류상 핵우산을 제공하는 건 일단 중국이다.

"한 나라에 대해 모든 나라가 핵우산을 제공하는 건 국제적으로 유례가 없습니다. 그렇기 때문에 중국과의 협상을 통해 그 권한을 넘겨받을 예정입니다."

빌 웨이든은 그렇게 말하면서 기자를 바라보았다.

"기자님이 이토록 핵우산 제공에 적극적인 걸 보니 그 권한을 넘겨받는 게 어렵진 않을 것 같네요."

그 말에 중국인 기자의 얼굴이 창백해졌다. 그가 물고 늘어지는 바람에 이 꼴이 났으니 돌아가면 숙청을 피할 수 없기 때문이다.

'후후, 내 저럴 줄 알았다.'

노형진은 창백해진 기자의 모습을 보면서 속으로 웃었다.

'바뀐 것은 없지만 많은 게 바뀌는 거지.'

중국은 절대로 러시아에 핵을 못 쏜다. 그렇다고 해서 핵우산의 권한을 중국에 넘겨주지도 못한다. 아마도 전쟁 후에 핵우산은 원래대로 중국이 핵우산을 제공하고 보증을 미국이 하는 형태로 이루어질 거다.

즉, 지금과 달라진 게 하나도 없다는 거다.

하지만 이건 말장난일 뿐이다. 중국은 핵우산을 제공하는 패권국으로서의 가치가 사라졌다. 그러니 누구도 중국에 핵우산의 제공을 요청하지 않을 거다.

특히 구소련 출신의 국가들은 더더욱 그럴 거다. 러시아가 자기들을 다 집어삼킬 때까지 절대 구경만 하고 있지는 않을 테니까.

그리고 그들은 살기 위해서라도 미국의 핵우산 아래로 모일 거다. 그랬기에 규칙 자체는 바뀌지 않았지만 그 아래 움직임은 많이 바뀔 거다.

'이제 우크라이나는 정리된 것 같고 파키스탄이 남은 것 같네.'

파키스탄의 대통령 자칸디르는 만만한 인물이 아니었다.

파키스탄이 가난한 것도 사실이고 친중 국가인 것도 사실이다. 그렇지만 자칸디르가 무능하다고 보기는 애매했다.

정확하게는 자칸디르는 전임 대통령이 저지른 똥을 그나마 정리하는 와중이었다. 그랬기에 그는 이참에 미국으로부터 최대한 많은 것을 받아 내려고 준비 중이었다.

그리고 빌 웨이든과 노형진은 전 세계의 지원을 핑계로 그와 협상하려고 했다. 애초에 파키스탄도 핵을 팔 생각은 없기에 그 부분에 관해서는 생각보다 쉽게 협상이 이루어졌다.

하지만 그 과정에서 예상치도 못하게 충돌이 일어났다.

정확하게는 노형진은 예상했지만 말을 안 했고, 미국은 생각도 안 했던 부분과 관련해서였다.

"우리는 중국이 복구에 개입하는 건 용납 못 합니다. 복구는 서방 기업이 맡아야 합니다."

"그걸 왜 당신들이 결정합니까?"

미국의 주장에 파키스탄은 발끈했다. 왜냐하면 실제로 복구의 절대다수를 중국 기업에 넘길 생각이었으니까. 그런데 그게 안 된다고 하니 발끈하는 거다.

파키스탄도 상당히 부패한 나라고 이미 중국에서는 공사를 넘겨주는 대가로 그들에게 돈을 주기로 했는데 그걸 반대했으니까.

"우리가 파키스탄의 재건 비용을 대지 않습니까?"

"그건 우리 파키스탄이 핵무기를 판매하지 않는 것에 대한 대가죠."

"그렇다고 해서 우리에게 그 돈에 대한 권리가 전혀 없다고 보지는 않습니다만?"

"우리에게 제공된 대가는 우리가 알아서 결정할 일입니다."

파키스탄이 친중 국가답게 중국 기업들을 재건의 주체로서 데려오려 한다는 것. 그게 문제였다.

'이해가 가기는 해.'

중재자인 노형진조차도 이 상황이 곤란하기는 했다.

그도 그럴 게 파키스탄은 엄청난 타격을 입었다. 설사 미국이나 유럽에서 구호 자금을 받아도 이미 국가의 3분의 1이 수몰된 시점에서 그 돈은 그야말로 언 발의 오줌 누기 수준이 될 수밖에 없다.

그런 상황에서 절대적으로 가격이 비싼 미국이나 유럽의 기업들은 재건 사업에 도움이 되지 않는다.

중국의 기업이라면 다리 세 개는 놓을 수 있는 돈으로 서방의 기업들은 두 개 또는 한 개 정도밖에 못 하니까.

물론 미국도 입장이 있었다. 일단 파키스탄에 재건 비용을 줬는데 그걸 중국이 가져가면 좋은 소리가 나올 리 없다.

아무리 재건비를 준다고 해도 그것과 별개로 사업은 자국 기업이 가져오는 게 맞다는 게 정치인들의 판단이다.

더군다나 중국은 노동자조차도 자국민을 보내는 놈들이다.

중국에서 공사를 수주하면 노동자에서부터 먹는 거, 입는 거, 자재까지 모조리 자국에서 가져와서 돈을 쪽쪽 빨아먹는다.

그래서 중국의 일대일로로 인해 망하는 나라들이 생기는 거다. 투자받아서 건설업을 살리고 주요 기간 시설을 만드는 데에는 그걸 통해 국가 재건을 하려는 목적도 있지만 자국에서 돈이 돌게 해서 자국 내 유통을 살리려는 목적도 있다.

돈이 있으면 자국에서 과자라도 하나 사 먹게 되는 게 인간이고, 그 덕에 기업이 굴러가니까.

하지만 중국은 그러지 않는다. 땡전 한 푼까지 쪽쪽 빨아 먹는 구조라 빌려도 남는 건 돈이 아닌 건물뿐이고, 돈이 없으니 그 건물이나 기간 시설을 쓸 수가 없는데, 그러다 국가가 파산하면 중국에서 그걸 핑계 삼아 해당 시설을 빼앗아 버리는 일종의 침략 방법이 바로 일대일로였다.

그걸 아는 미국 입장에서는 중국에 돈이 넘어가는 것을 두고 볼 수는 없었다. 하지만 자칸디르 대통령은 무조건 중국이 공사를 수주해야 한다면서 버텼고, 그게 빌 웨이든의 속을 박박 긁을 수밖에 없었다.

"돌겠군."

숙소로 돌아온 빌 웨이든은 거칠게 넥타이를 풀어 던지며 말했다. 핵에 관해서는 이미 오래전에 합의가 끝났지만 정작 이 문제로 사사건건 부딪히고 있었다.

"왜 저러는지……."

"아시지 않습니까, 단순히 친중 정권이라서 그러는 게 아니라는 걸."

"끄응."

중국이 상대방을 포섭할 때 가장 선호하는 방법은 두 가지다. 하나는 여자, 다른 하나는 돈.

그런데 이슬람 국가에서는 여자로는 한계가 있으니 당연히 돈이 문제다.

"자칸디르는 분명 능력이 있는 대통령입니다. 하지만 능력이 있다는 것이 진짜 청빈한 사람이라는 뜻은 아니죠. 그리고 정치에서 청빈한 사람은 절대로 위로 올라가지 못합니다."

"하하하…… 진솔하군요."

쓰게 웃는 빌 웨이든.

하지만 그게 현실이다. 정치를 하려면 파벌이 중요하기에 정치인은 진정으로 깨끗한 사람들을 파벌에 안 끼워 넣으려고 하니까.

"아무리 그래도 그렇지요. 그렇다고 탈레반을 끼워 넣을 수도 없고."

파키스탄의 절대다수 지역에 대해 영향력을 발휘하는 탈레반이지만 그들을 끼워 넣으면 공사 현장에 대한 안전도 확보하기 힘들다. 도리어 그들은 미국이 돈을 줬다는 이유 하나만으로 공사 현장에 테러를 가할 놈들이다.

"그렇다고 우리가 뇌물을 줄 수도 없고."

정확하게는 주려고 한다면 줄 수야 있겠지만 중국에 비해 적을 수밖에 없다. 중국이야 당에서 덮으라고 말하면 그만이지만 미국은 그게 터지면 빌 웨이든에게 정치적으로 치명적인 타격이 온다.

그렇잖아도 이번 사태로, 그리고 우크라이나의 핵 포기로 인해 지지율이 상승 곡선을 그리고 있는데 그걸 날려 버릴 만큼 빌 웨이든은 멍청한 사람이 아니었다.

"그렇다고 다른 사람들 대체할 수도 없군요."

"네, 자칸디르는 똑똑한 사람이고 사실 대체재가 없기는 하죠."

노형진은 한참을 고민했다.

'파키스탄이 친중이긴 하지만⋯⋯.'

사실 파키스탄의 친중은 진짜 중국이 좋아서 한다기보다는 생존을 위한 선택이다. 정확하게는 자기들이 살아남을 수 있다면 중국이든 러시아든 미국이든 손잡는 타입의 국가가 바로 파키스탄이다.

그리고 그런 성향이 가장 강한 게 바로 자칸디르다. 개인적인 비리도 있지만 최소한 그 상황을 잘 이용하는 대통령이다. 다만 시기가 안 좋아서 쩔쩔매고 있을 뿐.

'한국 기업들을 데려와? 아니야. 의미가 없지.'

파키스탄 입장에서는 한국 기업들을 데려와 봐야 또 다른 서방 기업일 뿐이다. 실제로 한국 기업들이 마냥 싼 것도 아니고 말이다. 그렇다고 한국 기업들이 뇌물을 그가 원하는 대로 줄 가능성도 높지 않다.

'그렇다고 안 줘? 그건 무리지.'

노형진이 파키스탄을 핵 판매국으로 특정한 이유는 간단하다. 전 세계에서 가장 가능성이 높기 때문이다. 실제로 내부에서 '진짜 급하면 핵폭탄이라도 만들어서 팔아먹자.'라는 기류가 있는 나라는 파키스탄이 유일하다.

'흠…….'

노형진은 고민하다가 문득 좋은 생각이 떠올랐다.

"그러면 중국 기업을 데려오라고 하시죠."

"노 변호사? 미친 겁니까? 그러면…….'"

"네, 그러면 중국 기업들은 아마 골수까지 빨아먹을 겁니다."

"그러면 진짜로 파키스탄은 망할 겁니다. 설마 진짜로 망하게 하려고……?"

"아니요. 설마요."

진짜로 망하게 할 수는 없다. 그랬다가는 파키스탄에 있는 핵이 진짜 어디로 갈지 알 수 없으니까.

"대신에 조건을 붙이는 거죠."

"조건?"

"노동자는 파키스탄 국민들을 우선 고용한다. 또한 원자재 역시 우선은 파키스탄제를 우선시하며, 부족한 경우 규격에 맞는 검사를 거친 물건을 사용한다."

"그러면 미국은요?"

"감시 시스템을 운영하는 거죠."

돈을 파키스탄에 바로 주는 게 아니라 미 정부에서 쥐고 있다가 재건 상황이나 진행 상황을 보고 중국 기업에 주자는 것.

"파키스탄 입장에서는 문제 될 게 없죠."

"확실히 그런 거라면……."

파키스탄 입장에서는 싼 가격이 필요한 거지, 중국인 노동자가 필요한 게 아니다.

"자칸디르 대통령은 똑똑합니다. 중국식의 일대일로의 부작용을 모를 리가 없어요."

그럼에도 불구하고 중국인 건 뇌물도 뇌물이지만 돈이 부족하기 때문이다.

"그런데 저희가 이 조건을 붙이면 중국이 가져갈 수 있는 돈은 한정적입니다."

일단 가장 큰 비중을 차지하는 인건비를 파키스탄인들이 가져가게 된다. 그리고 그러한 인건비가 파키스탄에 도는 것은 아주 중요하다.

왜냐, 그 돈을 받은 노동자는 그 돈으로 자기 집을 재건하든 수리하든 하려고 할 테니까. 즉, 그 돈은 파키스탄 내부에서 도는 돈이 된다.

중국인 노동자라면 그걸 모조리 중국으로 빼 갈 테지만 그게 안 된다면 어찌 되었건 파키스탄의 국가 경쟁력에 도움이 된다.

나라가 돈 때문에 곡소리 나는 시점에서 자칸디르는 그걸 거부하기 힘들어진다.

"그리고 원자재 문제도 그렇죠. 솔직히 말씀드려서 중국에서 가져오는 원자재를 믿을 수 있을까요?"

인터넷에는 중국 공사장의 철근을 사람이 휘어 버리는 영상들이 널렸다. 다수가 매달린 것도 아니고 그렇다고 낑낑거린 것도 아니다. 그냥 한 손으로 다른 손에 들린 철근을 꺾은 것이다.

"분명히 중국 기업들은 원자재에 대해 장난칠 겁니다. 그리고 자칸디르는 그걸 알죠."

하지만 상대방이 중국이기에 찍소리도 못 하고 그걸 쓸 거다.

"그리고 솔직히 그렇게 만든 건물이나 시설이 얼마나 가겠습니까?"

좋은 자재를 쓴다는 것은 생각보다 중요하다.

한국에서도 자재에 장난친 아파트가 완공되자마자 D등급이 나왔는데 건축법상 D등급이면 위험 수준이다. 실제로 D등급이면 보강 공사 등을 통해 건물의 안전을 확보해야 한다.

쉽게 말해서 이건 재건축해야 한다는 의미다. 그 아래의 E등급의 경우는 아예 사람이 살면 강제로 쫓아내고 말이다.

실제로 이 D등급은 재건축 허가를 받으려는 아파트들이 죽어라 받으려고 노력하는 등급이다. 그래야 재건축이 가능하니까.

하지만 아이러니하게도 30년 된 아파트도 D등급을 받는 게 쉽지 않다. 그런데 신축 아파트가 건설되자마자 D등급이 나왔다는 건 언제 무너져도 이상할 게 없다는 소리다.

"그런데 중국은 어떻겠습니까?"

"하긴 그것도 그렇군요."

중국에는 역사적인 기록이 참 많다. 50층 건물을 12일 만에 올리기, 그리고 어떠한 설계 도면도 없이 40층짜리 빌딩 올리기 등등.

당연히 그러한 상황에서 제대로 된 안전을 보장할 방법은 없다.

"그걸 우리가 감시한다 이거군요."

"맞습니다."

그리고 장난친다면 그들을 퇴출시키면 된다.

"아니, 100% 장난치겠죠."

안 칠 리가 없다. 자국에서도 난리도 아니다. 중국에서는 그런 장난을 치는 경우 아주 엄하게 처벌한다. 하지만 그럼에도 불구하고 장난치는 게 바로 중국이다.

철근 대신에 대나무를 넣는다든가, 콘크리트를 아끼기 위해 속을 스티로폼으로 채운다든가 하는 식으로 말이다.

하물며 중국에서도 그러는데 찍소리도 못 하고 저항도 못하고 항의해 봤자 중국 정부 라인에서 커트해 버릴 게 뻔한 파키스탄은 어떨까?

"우리 잘못이 아니죠, 그때는."

노형진은 어깨를 으쓱하며 말했다.

"우리가 돈을 회수하지 못하는 건 아쉽지만 그게 최선인 것 같군요."

"자본주의의 가장 강력한 무기는 돈입니다. 좋게 생각하세요."

감리를 해 주는 돈은 공사비에서 아주 큰 비용은 아니다. 그리고 자칸디르도 중국에서 뭔 짓거리를 할지 모르지는 않을 거다.

"우리는 결과에 따라 돈만 지급하면 됩니다."

그 후에 공사가 늦어지거나 하는 건 중국의 책임이다.

'그리고 그 원한은 자연스럽게 중국으로 향하게 된다. 중국이 그걸 모를 리가 없지.'

그들도 미국이 진짜 빡빡하게 감리할 거라는 걸 알 거다. 그런데도 과연 파키스탄 복구에 지원하려 할까?

'중국 기업이 안 들어오면 자칸디르는 똥줄이 타겠지.'

재건은 해야 하는데 자국 기업은 능력이 안된다. 나라가 파산 직전이라 줄 돈도 없으니까. 달리 그가 핵을 무기 팔아먹는다는 핑계로 돈을 뜯어내려는 게 아니다.

그런데 중국 기업들이 미국 감리 회사를 핑계로 안 들어오면 그건 대놓고 부실 건물을 올린다는 소리다.

국토의 3분의 1이 수해로 잠겼다.

이를 반대로 말하면 중국에서 원하는 대로 방치하면서 재건하면 국토의 3분의 1이 부실 건축물이 된다는 거고, 그게 무너지기 시작하면 심각한 타격이 된다.

'멀리 갈 필요도 없지. 터키 대지진. 아, 그리고 보니 그것

도 대응해야겠군.'

터키의 대지진. 그 피해는 엄청났다.

그런데 그 원인이 웃기게도 시장이었다. 터키에서 건축할 때 지진에 대비해서 내진 설계를 적용해야 하는데, 돈만 내면 그 책임을 면제해 줬던 것이다.

그 결과, 엄청난 수의 건물이 무너지고 만 명이 넘게 죽고 수십만의 이재민이 발생했다. 도리어 그 규정을 시장이 무시하고 무조건 내진 설계를 한 지역에서는 사망자가 거의 발생하지 않았다.

"일견 합리적인 조건이기는 하군요."

"네, 그런데 중국의 기업에는 절대로 합리적이지 않죠."

그리고 그걸로 자칸디르는 물고 늘어질 수가 없다.

최악의 경우 미국이 핵의 판매를 문제 삼아서 파키스탄에 대한 경제제재를 결정하면 진짜 파키스탄은 망한다.

"좋아. 그런 조건으로 협상하도록 하지요."

⚖️

얼마 후 자칸디르는 빌 웨이든의 조건을 받아들였다. 사실 그도 중국 기업으로부터 받아 처먹고 있기에 중국 기업에 일을 맡기려는 거지만 그렇다고 그들을 믿는 건 아니었다.

물론 파키스탄 정부에서도 책임자들을 보내서 감리를 하

겠지만 애초에 자기가 받아 처먹는 와중에 아랫놈들이 안 받아 처먹을 리가 없고 그 후에 이루어지는 수많은 재건 사업이 추후 개판으로 드러나면 자기가 위험해질 수도 있기에 미국의 조건은 아주 합당한 조건이었다.

물론 그로 인해 중국의 수익률이 떨어지겠지만 알 게 뭔가? 중요한 건 자신은 이미 받아 챙겼다는 거다.

그 부분에 대한 협상이 정리되자 그다음은 빨랐다.

파키스탄, 핵무기 판매 계획 철회. 어떤 나라에도 핵무기를 판매하지 않기로 해

핵을 사겠다는 사람보다 핵을 팔겠다는 사람이 사라졌다는 사실이 훨씬 더 전 세계에 큰 안도감을 전해 주었고, 그 덕분에 바닥을 뚫고 떨어질 듯하던 빌 웨이든의 지지율은 다시금 하늘 높은 줄 모르고 치솟고 있었다.

하지만 그 시각, 빌 웨이든은 의외의 복병에 고통 받는 중이었다.

⚖️

"망한 오즈발 같으니라고."

현 터키 대통령인 군타니 타신 오즈발은 극렬 친러시아 성향이자 독재 성향이 아주 강한 사람이었다. 그리고 그게 이번 협상에서 난항을 일으켰다.

"핵무장을 포기할 생각이 없나 보군요."

노형진은 기다리다가 화를 내는 빌 웨이든을 보면서 피식 웃었다.

원래는 노형진이 중재자 역할로 끼어들려고 했다. 오즈발의 기억만 읽어 내도 도움이 되니까.

하지만 오즈발은 그걸 거절했고 심지어 빌 웨이든에게 이빨을 드러내고 있었다.

"말씀드렸잖습니까, 분명히 그렇게 나올 거라고."

오즈발은 친러시아, 그것도 극렬한 친러시아다.

파키스탄이야 친중국일 뿐 친러나 친서방도 아니기에 핵 문제가 타결된 이상 그 후의 문제는 상관없지만, 친러시아 정책을 고수하면서 다른 나라의 나토 가입을 결사반대하는 터키 입장에서는 이 상황이 반갑지 않았다.

그렇잖아도 전쟁을 보면서 러시아의 공포에 떨던 북유럽 국가들이 나토에 너도나도 가입 신청을 하는 것을 터키가 반대하고 있었다.

그렇다 보니 계륵 같은 존재가 될 수밖에 없었다. 친미 정권 때 들어왔다지만 어찌 되었건 나토에 가입했으니 만장일치라는 조건상 터키가 반대하면 다른 나라들이 가입을 못 한다. 그렇다고 해서 터키를 쫓아내자니 여러모로 부족한 게 사실이다.

더군다나 나토는 국가의 모임이지 정권의 모임이 아니다. 이제 와서 친러시아 정권이 들어섰다고 쫓아낸다면 나토의 영속성에 문제가 된다.

　애초에 정권이 바뀔 때마다 프랑스나 영국 같은 최우방 국가들도 더 친하고 덜 친하고의 차이가 발생하는데 그때마다 쫓아냈다가 다시 가입시켰다가 할 수는 없지 않은가?

　문제는 나토이자 나토가 아닌 터키를 미국이 마음대로 통제할 수가 없다는 거다. 그걸 알기에 오즈발은 아주 배짱을 부리는 것이었다.

　"우리와 틀어질 거라는 부분에 대해 아무리 위협을 해도……."

　"신경이나 쓰겠습니까? 애초에 터키는 미국과 러시아에 전쟁이 터지면 미국을 공격할 나란데요."

　이미 미국에는 어깃장을 놨고, 그래서 사이가 급속도로 갈라지고 있는 상황이다. 당장 미국만 해도 나토에 적극 협조해 자국 무기를 수출하고 있지만, 그중에서도 터키는 예외다. 왜냐하면 터키로 넘기면 100% 러시아로 넘어가서 분해되어서 조사 대상이 될 테니까.

　"정확하게 뭐라고 하던가요?"

　"핵무장은 각 국가의 책임이니까 터치하지 말랍니다."

　"흠…… 터키가 아무래도 핵무장을 할 수 있지는 않을 텐데요?"

기술도 충분하고 독재 국가라 시키면 시키는 대로 하는 놈들도 아래에 있지만 아무리 그래도 터키가 핵무장을 할 나라는 아니다.

왜냐하면 친러시아라는 것과 별개로 터키는 자본주의국가니까.

사람들은 공산국가의 반대는 민주주의국가라고 생각하지만 제대로 표현하자면 공산주의국가의 반대는 자본주의국가다. 그리고 그건 독재도 마찬가지다.

아무리 독재라지만 자본주의국가는 해외와의 거래를 완전히 끊어 버리고 살 수 없다.

더군다나 터키가 러시아나 중국처럼 아예 자기들끼리 내수시장으로 먹고살 만한 나라도 아니다. 물론 아예 자기들끼리 살려고 한다면 못할 것도 없지만 그러면 진짜 북한 수준으로 고립되어야 할 거다.

"강하게 압박하자니 그놈의 흑해 입구가 문제군요."

흑해에 들어가기 위해 유일한 통로는 보스포루스해협과 다르다넬스해협이다. 그리고 그곳의 통제권을 쥐고 있는 게 바로 터키다.

만일 거기를 터키가 열어 준다면 우크라이나는 전선이 너무 늘어나서 심각한 위협이 될 거다.

"아무리 터키라도 거기를 열어 줄 생각은 못 할 텐데요?"

친러시아라고 해서 러시아의 명령을 받는 게 아니다. 실제로 러시아는 몇 번이나 그곳을 열어 달라고 요구하고 있지만 터키는 응하지 않고 있다.

"물론 그렇죠. 지금까지는 말입니다. 하지만 여차하면 열어 버릴 생각도 하고 있나 봅니다."

"그렇게 핵을 원하는 건 아닐 테고 강짜군요."

"그럴 겁니다."

자기들이 친러시아라는 이유로 미국에서 무기 수출이 제한되었다.

더군다나 터키는 몇 년째 유로의 가입을 원하고 있지만 유럽에서는 터키의 유로 가입을 원하지 않아서 지지부진한 상황이다.

실제로 지금 터키는 북유럽의 나토 가입을 조건으로 자신을 유로에 가입시켜 줄 것을 계속 요구하는 상황이다.

'이런 게 제일 골치 아프단 말이지.'

믿는 게 있으니까 강짜를 부린다. 그리고 그런 경우에는 진짜 어르고 달래는 것 말고는 딱히 별 뾰족한 방법이 없다.

'아마도 오즈발 대통령은 이참에 뭐라도 뜯어먹고 싶겠지.'

물론 국가 간 경쟁에서 그건 당연한 거다. 지금만 해도 우크라이나와 파키스탄에 적당하게 안겨 주고 물러나는 그림을 만들었기 때문에 이런 게 가능한 거지, 단순히 위협만으로는 절대로 이런 그림이 안 나왔을 거다.

'그런데 오즈발은 좀 욕심이 과하단 말이지.'

아마도 그가 원하는 건 미국제 무기 그리고 유로의 가입일 것이다. 그러나 그 어느 쪽도 지금 미국은 줄 수 없다.

오즈발이 원하는 게 미국제 F-35인데 그게 러시아로 넘어가면 다 헤집어질 테니까.

설사 아무리 통제한다고 해도 훈련을 위한 교범이나 시스템 같은 건 새어 나갈 수밖에 없다.

유로의 가입 역시 그가 유로에 대해 우호적이고 유럽의 문화에 대해 이해하고 받아들일 수 있는 나라였다면 이런 문제가 없었을 거다.

하지만 지금 오즈발이 유로에 가입하려는 이유는 낮은 임금과 막대한 인구를 이용해 유로의 경제에서 이득을 취하고 싶어 안달이 났기 때문이다.

그걸 알기에 유럽의 주요 국가들이 가입에 대해 부정적인 입장을 고지하는 거다. 단순히 돈이나 국경이 문제가 아니라 서로 간의 존중이 없는 관계는 파탄 날 수밖에 없기 때문이다.

"가장 큰 문제는 어찌 되었건 터키가 자체적으로 핵무장이 가능하다는 거군요."

"그렇죠."

터키의 과학기술은 무시할 게 못 된다. 크기가 문제이기는 하지만 터키는 충분히 핵폭탄을 만들어 낼 수 있다. 미국이나 러시아처럼 대륙간탄도탄을 만들어 낼 능력은 되지 않지만 그래도 미사일에 직접 만든 핵폭탄을 탑재할 능력은 있다.

"흠......."

노형진은 그 말에 한참 고민하다가 말했다.

"그러면 핵무기를 빼시면 되지 않을까요?"

"네?"

"이미 터키에는 핵무기가 있는 걸로 아는데요?"

정확하게는 미국의 핵무기다.

나토 내부의 핵무장 공유 프로그램에 따라 러시아 주변국은 핵무기를 공유하고 러시아의 핵 공격에 동시에 대응한다.

예를 들어 러시아가 미국을 향해 일시에 핵을 쏴서 어찌어찌해서 무력화시켰다고 해도 러시아 주변국에는 이미 핵무기를 보유한 미군 부대가 있다.

그러니 그곳에서 핵을 쏴서 러시아를 무력화시킬 수 있는데, 그 최전방이 바로 터키인 것이다.

그렇게 함으로써 러시아가 나토 국가들의 핵을 한꺼번에 무력화하는 걸 방지하고 반격 능력을 확보하는 게 핵 공유 프로그램의 핵심이다.

'실제로 그걸 이용해 먹으려고 했으니까.'

일본과의 분쟁에서 그걸 이용해 먹으려 했고, 그래서 일본이 길길이 날뛴 적이 있었다.

"압니다. 그래서 고민인 겁니다."

터키에서 핵을 빼면 공격 사거리가 늘어난다. 사거리가 늘어난다는 것은 그만큼 러시아가 반격할 가능성이 높아진다는 거다.

그걸 알기에 터키가 저렇게 강짜를 부리는 거다.

"아아, 오해하셨군요. 그걸 빼라는 게 아닙니다."

"그러면요?"

"터키가 왜 미군을 자국 땅에 두고 친러 정책을 펼치겠습니까? 심지어 핵무기까지 배치되어 있는데. 터키는 터키 나름대로 중립적인 입장에서 수익을 내려는 겁니다."

"그거야 저도 압니다만. 그렇다고 핵무기를 뺀다고 압박할 수는 없습니다."

빌 웨이든도 터키가 왜 저런 태도를 보이는지 모르는 바가 아니다.

사실 상대방이 미국이라고 해서 모든 나라가 다 굽실거린다는 건 말이 안 된다. 각자의 입장이 있고 각자의 상황이라는 게 있으니까.

그건 미국도 마찬가지. 아무리 터키가 강짜를 부린다고 해도 섣불리 터키에 배치된 핵을 뺄 수는 없다.

"아니죠. 반대입니다."

"반대?"

"원하면 원하는 대로 해 주면 됩니다."

"원하면 원하는 대로?"

"터키가 핵무장을 할 수도 있다고 발표하세요."

그 말에 빌 웨이든은 어리둥절한 표정이 되었다.

그걸 막겠다고 이 난리를 친 게 아닌가? 그런데 왜 터키의 핵무장을 발표한단 말인가?

"진짜로 핵무장을 방치하라는 게 아닙니다. 사실 그간 너무 쉽게 오지 않았습니까?"

우크라이나도 파키스탄도 나름대로 좋은 성과를 보였다. 그리고 그 결과, 사람들의 경계심이 많이 떨어진 상황이었다.

물론 빌 웨이든의 지지율은 그 대신에 아주 높아졌지만 말이다.

"원래 소설에서도 긴장감이 높아지는 부분이 있어야 관심을 가지기 마련입니다."

"지금이 그 긴장감이 높아지는 지점이라는 겁니까?"

"그렇습니다."

"어떤 면에서요?"

"터키가 핵무장을 한다고 하면 러시아가 뭐라고 할까요? 아이고, 감사합니다. 그러겠습니까?"

"아……."

터키는 러시아의 바로 턱 아래다.

미국이 핵무기 공유 프로그램을 통해 터키에 핵무기를 배치한 이유가 뭔가? 바로 가까운 거리 때문에 러시아에서 저항할 틈조차도 주지 않기 위해서가 아닌가?

"그런데 터키에서 자체 핵무장을 한다고요? 저라면 눈깔을 까뒤집을 겁니다."

　미국은 그래도 세계 경제 대국이고 나름 자기들끼리의 대립 관계도 있어서 서로서로 조심하는 나라다.

　하지만 터키가 핵무장을 한다? 아무리 친러 성향이라고 해도 가만있지 않을 거다.

　아니, 그간 중간에서 이리저리 혜택을 보던 터키의 성향을 생각하면 핵무기를 가지고 강짜를 부렸으면 부렸지 절대로 그걸 곱게 감춰 두기만 하지는 않을 거다.

　"전 세계에서 핵을 가진 나라는 거의 없죠. 다른 나라들이 핵무기를 못 만들어서요? 아니죠."

　다 만들 줄 안다. 그러나 국제적으로 핵을 가진 초강대국들이 압박하니까 못 만드는 거다, 안 만드는 게 아니라.

　"만일 터키가 핵무기를 만든다고 하면 어떻게 될 것 같습니까?"

　"일단…… 러시아가…… 미쳐 날뛰겠죠."

　바로 턱 아래에서 칼날을 들이미는 놈이 생기는 셈이니까.

　중국도 지랄 지랄할 거다. 중국은 핵 패권국으로서 그 권력을 나누고 싶어 하지 않으니까.

　미국도 마찬가지. 미국이야 핵 개발 국가에 수십 년간 경제제재를 하는 걸로 유명하니까.

　그 친하다는 프랑스조차도 핵 개발 문제로 몇 년간 미국의 경제제재에 시달려야 했다.

그러면 유로는 어떨까?

"유로는 당장이라도 나토에서 빼 버리겠다고 난리 나겠죠."

"네, 그겁니다. 지금 터키는 강짜를 부리는 겁니다, 진짜로 핵무기를 개발하려는 게 아니라. 그러면 강짜를 못 부리는 상황이 되면 됩니다."

"확실히."

빌 웨이든이 핵무기 개발 타결이 실패했다고 하는 순간 전 세계에서는 터키에 대한 무지막지한 성토가 몰려들 거다.

그건 아무리 오즈발이 자존심 덩어리라고 해도 무시할 수는 없는 상황이다.

"하지만 그게 애매한데……."

가장 큰 문제는 그런 걸 미국이 떠들 수는 없다는 거다.

미국이 나서서 '터키가 핵 개발한답니다.'라고 말할 수도 없는 게 현실. 아무리 터키라고 해도 그 사실을 미국에 말하지는 않을 테니까.

"그러니까 오해를 사게 하면 됩니다."

"오해?"

"터키가 핵을 개발한다면 여기에 미국 핵이 있을 이유가 있나요?"

"그거야…… 없군요."

빌 웨이든은 노형진의 말에 피식 웃었다.

"약간의 소문만 내면 되겠네요."

"네, 그러니까 욕 좀 신나게 먹으라고 하세요."

⚖

얼마 후 빌 웨이든과 노형진은 협상을 이유로 터키를 떠나 러시아로 향했다.

터키에서의 협상이 종결되지도 않았는데 떠나는 그들의 모습에 전 세계는 불안감을 느꼈다.

오직 군타니 타쉰 오즈발 대통령만이 자기 자존심을 챙겼 다는 생각에 저절로 미소가 떠올랐다.

"거봐, 내가 그랬잖아. 지들이 어쩔 거야?"

핵을 개발하겠다는 것도, 사겠다는 것도 아니다.

하지만 그건 무조건 우리 권한이라면서 무시하면 미국이 알아서 설설 길 거라고 그는 믿었고, 실제로 그렇게 된 줄 알 았다.

그러나 얼마 지나지 않아 터키에서 난리가 났다.

미 정부, 터키에 배치한 핵 공유 프로그램 폐기 고민 중
더 이상 터키에 핵을 공유할 필요가 없다고 판단되어 철수 고민 중

그리고 알 만한 사람은 다 안다, 그 핵이 왜 거기에 있는지.

그런데 그게 필요 없다는 것은 단 하나만을 의미했다.

쾅!

나토에서 온 담당자는 터키 측 담당자에게 길길이 날뛰었다.

"진짜 핵무장을 하겠다 이거요?"

"우리는 핵무장에 대해서…… 끄응…….."

공식적으로 부정도, 긍정도 하지 말아라. 그게 상부의 발표다. 그런데 그게 지금 그가 할 말을 막아 버렸다.

그리고 그 모습을 본 나토 측 사람은 극도로 흥분했다.

"전 세계가 핵전쟁으로 가는 걸 원한다 이거군!"

"그건 아닙니다. 우리는 러시아를 방어하기 위해서…….."

"친러 정책을 쓰고 러시아 무기를 사고 우리 정보를 러시아에 넘기면서?"

"그건 오해입니다."

그 말에 나토 측 담당자의 얼굴에 황당함이 서렸다.

"나토가 바보로 보입니까?"

지난 몇 년 동안 그 꼴을 보면서 많이도 부딪혔으나 그래도 나토 국가니까 참았다. 하지만 이건 선을 넘었다.

"그렇다면 우리도 핵무장을 할 수밖에 없군."

"뭐요?"

"당신들이 가진 핵폭탄이 우리한테 떨어지지 말라는 법은 없으니까."

"그럴 일은 없습니다!"

"그 말은 핵무기를 이미 가지고 있다는 말로 들리는군요."

"없다니까요."

"글쎄요? 어떻게 믿죠?"

오즈발의 자존심에 치인 아랫사람들은 진짜 죽고 싶은 기분이었다.

같은 시각, 터키의 외무부 장관은 중국 대사의 방문을 받고 있었다.

"터키에서 핵무장을 하신다고요?"

"오해입니다. 우리는 핵무장 계획이 없습니다."

"아, 그런데 미국에서 자발적으로 공격의 이점을 포기하고 핵을 뺀다는 거군요."

"그게……."

상식적으로 그게 말이 안 되기에 외교부 장관은 아무런 말도 못 했다. 실제로 그 소문은 생각보다 심각한 문제니까.

터키는 러시아의 가장 턱 아래 가시다. 그렇기에 미국에서는 온갖 당근을 제시하면서 그 자리에 핵을 배치하려고 노력했다. 그런데 핵을 뺀다? 말도 안 된다.

고생 끝에 배치한 핵을 빼려면 뭔가 아주 강력하게 다른 원인이 있어야 한다.

'가령 터키가 자체 핵을 개발한다든가 말이지.'

그걸 알기에 중국 대사는 아주 강하게 터키 외교부 장관을 몰아붙였다.

"터키에서 핵을 개발한 거 확실합니까?"

"그에 대해서는 말씀을 못 드립니다."

핵에 대해 대답을 못 하는 상황. 그리고 그 상황을 중국이 어떻게 받아들일지는 뻔했다.

"무슨 말인지 알겠습니다."

중국 대사는 무서운 눈빛으로 돌아갔다.

외교부 장관은 씁쓸한 얼굴이 되었다.

"망할 오즈발 놈 같으니라고."

자기 자존심 때문에 똥을 싸질러도 너무 크게 싸질렀다.

그가 그렇게 한숨을 푹 쉬는 그때, 비서가 떨떠름한 얼굴로 고개를 내밀었다.

"장관님."

"또 뭔데?"

"러시아 대사님이 일정을 잡아 달라고 하시는데……."

"러시아?"

미국에 이어 중국 그리고 러시아까지, 외교부 장관은 뭔가 일이 잘못되고 있다는 걸 느낄 수 있었다.

⚖

러시아로 간 노형진과 빌 웨이든은 체르덴코를 만났다. 그리고 그 둘 사이에서 치열한 자존심 싸움이 벌어졌다.

"진짜로 핵무기를 쓸 겁니까?"

"그건 우리가 결정할 문제입니다만?"

"아니죠. 이건 전 세계가 결정할 문제죠."

"웃기는 소리. 러시아의 내정에 간섭하지 마세요. 그리고 당장 우크라이나의 지원을 멈추세요."

"그건 불가하다는 걸 아실 텐데요? 그리고 우리는 핵 문제를 결정지으러 온 거지, 그 문제는 이야기의 대상이 아닙니다."

"그러면 내가 당신을 위해 '핵무기 사용 안 하겠습니다.'라고 할 거라 생각하십니까?"

체르덴코는 예상대로 아주 당당하게 물었다.

'그래, 이럴 사람이지.'

노형진은 체르덴코를 보면서 속으로 쓰게 웃었다.

그는 반성이 없는 사람이다. 그는 권력을 쥘 수만 있다면 전 세계에 핵을 진짜 날릴 수도 있는 사람이다.

물론 그 전에 아래서 들고일어나서 그를 내몰 테지만 말이다.

'그리고 이번 승패는 그걸 자극하는 거지.'

'핵을 쓰지 말아 주세요.'라고 해 봐야 들어 처먹지 않을 거다. 하지만 '당신의 자리가 위험합니다.'라고 돌려 말하면 경계할 사람이 바로 체르덴코다.

그걸 알기에 노형진은 애써 말을 돌려서 말했다.

"가능하면 좋게 대화로 풀어 가시는 게 어떨까요? 그렇잖아도 터키도 핵무장을 결정한 상황인데. 핵 도미노를 일으킬 수는 없지 않습니까?"

"뭐요?"

그 순간 체르덴코의 눈썹이 꿈틀했다.

아무리 적대하는 상황이라고 해도 핵무장, 그것도 나토 국가의 핵무장은 절대로 무시할 수 없는 말이다.

그러나 도리어 빌 웨이든은 어이없다는 얼굴로 말했다.

"당신들이 기술이랑 재료를 제공하는 거 아닙니까?"

"우리가 왜요? 애초에 나토 국가를……."

"터키가 나토 국가면서도 친러시아 국가인 건 딱히 비밀도 아니고. 솔직히 그렇지 않습니까, 터키가 러시아에 붙어 버리면 상황이 역전되는데."

러시아 바로 아래에 있는 턱 밑의 가시라는 건 그들이 소속만 바꾸면 나토의 턱 아래 가시가 되어 버린다는 것을 뜻하기도 한다.

"우리가 터키에 핵을 제공할 이유는 없죠."

"당신들 아니면 터키가 나토와 미국을 무시하면서 대놓고 핵무장을 이야기할 이유가 없죠!"

"우리는 모르는 일이라니까!"

"모른 척하는 거겠지요. 러시아가 크림반도를 점령할 때 뭐라고 했죠? '우리는 크림반도에 관심이 없다'고 했죠. 그리고 크림 연방을 세워서 투표를 통해 통째로 꿀꺽하지 않았습니까!"

"그건 정당한 투표였소!"

"그건 중요한 게 아니죠. 당신들이 진짜로 관심이 없었으면 그걸 거절했겠죠. 안 그렇습니까?"

실제로 미국에 가입하고 싶어 하는 곳이 없는 건 아니다. 하지만 미국은 여러 가지 이유로 그걸 거절하고 있다.

예를 들어 미국령 버진 아일랜드 중 일부는 차라리 미국에 주로써 가입하기를 원하지만 정작 미국이 가입을 거절하는 상황이다.

"당신들이 관심이 있어야 그 모든 게 가능한 거 아닙니까!"

"우리는 국민투표에 따라 결정된 걸 받아들인 겁니다."

"그러겠죠. 그리고 그걸 위해 핵을 제공했을 테고."

"우리가 왜 터키에 핵을 제공합니까?"

"핵을 제공하는 대가로 나토에서 러시아로 넘어오라고 한 거 아닙니까?"

"뭔 개소리요?"

체르덴코는 핵에 대한 통제권을 포기할 인간이 아니다.

자신을 물고 빨고 충성을 다하는 벨라루스조차도 핵을 배치한다며 위협했고, 실제로 극소수 배치하기도 했지만 여전히 그 통제권은 러시아가 쥐고 있다.

그런데 터키? 그 박쥐들에게 미쳤다고 핵의 통제권을 넘기겠는가?

"그거 확실한 거요?"

"우리가 지금 터키에서 온 겁니다. 그쪽은 핵 개발을 포기할 생각이 없어요. 그게 다 당신이 핵 위협하려는 것에서 시작된 거 아닙니까?"

"우리는 터키의 핵 개발에 대해 반대하는 입장이오. 도리어 나토에서 핵 개발을 유도하는 거 아니오?"

"당신도 알 텐데? 거기에는 이미 우리가 통제하는 핵이 있어요! 그런데 통제 불가능한 핵을 터키가 개발하도록 유도할 거라 생각하시오?"

말도 안 되는 소리다.

"하여간 우리는 모르는 일이오!"

결국 핵 문제로 하루 종일 싸웠지만 결론은 나지 않았다. 그러나 그러한 문제는 이미 답이 나와 있다는 걸 첼르덴코는 알지 못했다.

⚖

회의가 끝나자마자 체르덴코는 바로 정보부장을 불렀다.

"터키 이 미친놈들이 자체 핵무장을 하겠다는데 너희는 대체 뭐 하는 거야! 정보를 도대체 어디서 구하는 거야!"

"그런 정보는 없었습니다."

"그러면? 미국 대통령 놈이 미쳐서 혼자서 가상의 사건이라도 만들어서 떠들었다는 거야? 거기다가 정보 빠르기로 소문난 마이스터 대리인을 두고?"

"……."

"너희 이 새끼들, 마음에 안 들어!"

그렇잖아도 현시점에 러시아의 정보 체계는 박살 나다시피 했다. 우크라이나의 전력도 제대로 파악하지 못했고, 심지어 자국의 전력도 제대로 파악하지 못해서 최초의 특별 군사작전 당시에 정보부는 '3주 이내 수도 점령'이라는 결과를 내놓았다. 그런데 3주는커녕 세 달이 훨씬 지났어도 지금 수도 근처도 가지 못한 채 애꿎은 사람만 갈아 넣고 있었다.

"확실하게 말해! 터키 놈들이 핵무기 개발하겠어, 안 하겠어?"

"그……."

그 말에 정보부장은 한참 고민하다가 말했다.

"할 가능성이 높다고 보입니다."

일단 터키는 친러시아 성향을 보이지만 벨라루스처럼 물고 빨고 충성을 다하는 타입은 아니다. 도리어 박쥐처럼 이리저리 옮겨 붙으면서 이권을 빨아먹으려는 타입에 가깝다.

더군다나 터키는 자존심이 센 나라. 실제로 전 세계 이슬람 국가 중에서 사우디아라비아 같은 중동 국가를 제외하고는 가장 잘사는 나라이기도 하다.

그 말은 기름이 없다는 전제하에 보면 터키가 이슬람 국가에서 가장 잘사는 나라라고 할 수 있다.

'핵무장을 한다면…….'

그렇게 되면 터키는 이슬람 문명권에서 자신의 자리를 확고하게 하고 세력을 좌지우지할 수 있게 된다.

　이슬람 문명권을 차지하고 캐스팅보트에 따라 러시아나 나토에 이리저리 붙어 가면서 이권을 쪽쪽 빨아먹을 거다.

　'젠장.'

　그리고 지금까지 터키는 그래 왔다. 지금도 그런데 핵무장을 하면 더더욱 그럴 거다.

　'망할 놈들 같으니라고.'

　특히나 이 경우에는 답이 하나뿐이다.

　'터키는 핵 개발 안 합니다.'라고 했다가 진짜로 핵 개발해 버리면 자신은 좌천이 아니라 목숨이 위험해진다.

　그에 반해 '가능성이 있다.'라고 하면? 체르덴코의 성격상 무슨 수를 써서라도 막을 거다.

　"가능성은…… 무시 못 합니다. 충분히 가능하고 보입니다."

　"충분히 가능하다? 하? 이제야?"

　"……"

　"터키에 팔아먹은 미사일 있지?"

　"S-400 말씀이십니까?"

　"그래, 그거 핵무장 탑재 가능해?"

　"개조만 한다면야……."

　정확하게는 그만큼 작은 핵폭탄을 만들어서 소형화한다면 불가능한 건 아니다.

물론 S-400은 기본적으로 지대공미사일이다. 그렇기 때문에 핵무장을 못 한다. 하지만 미사일이 떨어진 러시아는 자국 내 지대공미사일을 개조해서 지대지미사일로 쓰는 상황에서 터키가 같은 개조를 하지 말라는 법은 없다.

"망할 새끼들 같으니라고."

그 말에 체르덴코는 이를 박박 갈았다.

"그놈들에 대해 조금 더 파고들어. 그리고 경제제재에 대해 확인해 봐."

"경제제재 말입니까? 저희와는 어차피……."

"누가 우리가 하재? 중국에 이야기해 보라는 거잖아!"

이미 우크라이나 침공 이후에 세계에서 퇴출된 러시아다. 그러나 그렇다고 해서 복수 방법이 없는 건 아니다.

"그리고 함대를 보스포루스해협과 다르다넬스해협에 배치해."

"네? 하지만 흑해에 들어갈 수 없을 겁니다."

"누가 흑해에 들어가래? 저 새끼들이 핵 개발하는 건 막아야 할 거 아니야!"

그 말에 정보부장은 고개를 끄덕거렸다.

"바로 진행시키겠습니다."

⚖️

그 시각, 노형진과 빌 웨이든은 조용한 목소리로 숙소에 설치한 텐트 안에서 대화 중이었다.

방 안에 왜 텐트를 설치하느냐고 물을지도 모르지만 러시아에서 도청할 가능성을 무시 못 하니 어쩔 수가 없었다.

그나마 텐트를 만들고 그 주변으로 음악을 틀어 주면 대화하기는 힘들어도 도청은 막을 수 있으니까.

"어떻게 생각하십니까?"

노형진의 질문에 빌 웨이든이 낮은 목소리로 대답했다.

"미스터 노의 말대로 아마도 터키에 압박을 가할 겁니다."

"그러겠죠. 자연스럽게 터키는 고립될 테고요."

미국도, 러시아도, 중국도 심지어 유로도 압박을 가하는 상황에서 아무리 터키의 대통령 오즈발이 자존심을 챙기려 할지라도 그건 불가능할 거다.

"결국 오즈발은 핵 개발을 포기한다고 이야기하겠네요."

"그러면 이야기는 쉬워지죠."

궁극적으로 핵 문제는 이제 러시아만 남게 되는 거다.

그리고 러시아는 이미 내부적으로 심각한 문제에 봉착한 상황이다.

"러시아 상황은 어떤가요?"

"혼란이 극에 달한 상황입니다. 러시아는 미국의 정보를 통제하고 있으니까요."

특히나 지금 빌 웨이든이 전 세계를 돌면서 핵 위협을 줄이기 위해 몸부림치고 있다는 사실을 절대로 말하지 않고 있다. 그러면 자기가 비교될 테니까.

물론 알음알음 소문이 돌지도 모르지만 미국의 대통령을 칭찬하는 간 큰 놈은 없기에 직접적인 핵 위협과는 다르게 쉬쉬했다.

당연히 러시아 내부에서는 여전히 핵무장이 심각한 문제라고 생각하고 있었고 진짜로 핵전쟁 직전이라는 분위기가 팽배했다.

"아무리 러시아가 강력한 국가라고 해도 생존을 위해서는 국민들이 필요합니다."

"그렇지요."

"그리고 이쯤에서 뉴스 몇 개만 터트려 주면 됩니다."

"뉴스?"

"네."

노형진은 씩 웃으며 말했다.

"미리 겁먹고 조심하는 사람들은 어딜 가나 있는 법이거든요. 후후후."

⚖

얼마 후 서방의 몇몇 언론에 하나의 이야기가 나왔다. 이번에는 러시아에 퍼지던 소문의 정반대였다.

러시아 주요 당직자들, 가족들을 안전지역으로 대피시킨 것으로
드러나

핵전쟁이 코앞인가?

운명의 날 시계 30초 앞당겨져. 앞으로 남은 건 60초

터키 핵무장 천 명. 그 칼은 러시아를 향할 것인가, 나토를 향할
것인가

터지는 뉴스에 터키는 아예 전 세계적으로 두들겨 맞기 시
작했다.

"각하, 그리스군이 전선으로 집결하기 시작했답니다."

철천지원수인 그리스가 핵무장 소식에 모여들기 시작했고
여차하면 전쟁이 진짜 발발하게 생겼다.

문제는 나토가 하나같이 그리스 편이라는 거다.

"그리고 나토에서는 우리 터키를 나토에서 추방할지 결정
하자는 이야기가 나오고 있답니다."

"추방?"

"핵무장을 단독적으로 결정하고 그걸 어디로 쏠지 모르는
동맹은 필요 없다고……."

"미치겠군."

오즈발은 자존심을 부린 대가를 철저하게 치르고 있는 중
이었다.

"중국에서는 저희와의 모든 교역을 전면 재검토하겠다고

하고 미국도 다음 핵 공유 대상으로 그리스를 고민 중이라고 합니다."

"러시아는 어떻게 막으라고!"

친러시아인 거지, 러시아에 나라를 바치고 싶은 생각은 없는 게 오즈발이다. 만일 자기들이 나토에서 쫓겨나면 다음 대상은 자신들이 될 가능성이 높다.

자신들이 러시아-우크라이나 전쟁에서 러시아와 우크라이나 양쪽에 다 무기를 팔아먹은 것도 사실이고 그 때문에 러시아가 고전한 것도 사실이니까.

그런데 정작 자신들이 나토에서 쫓겨난다? 그러면 과연 이 상황에서 러시아와 싸울 수 있도록 나토나 미국이 도와줄까?

그럴 리가 없다.

"지금 흑해 입구에 러시아 함대가 배치되기 시작했습니다."

"끄응."

진짜로 전쟁하려고 흑해로 밀고 들어가지는 않을 거다. 하지만 목적은 뻔하다. 오즈발을 압박해서 어떻게든 핵무장을 막기 위함이다.

"각하…… 방법은 하나뿐인 것 같습니다."

전 세계가 터키를 압박하고 있다. 심지어 러시아조차도 그러는 상황에서 아무리 인구가 많은 터키라 해도 버틸 수는 없다.

"기자회견 준비하세요."

결국 오즈발은 떨떠름한 얼굴이 되었다. 자존심이 상하지만 선택지가 없었다.

"우리 터키는 핵 개발의 의사가 없다고 발표합시다."

그 말에 그 아래에 있던 직원들은 안도의 한숨을 내쉴 수 있었다.

같은 시각, 체르덴코는 비슷한 원인으로 머리가 아파 왔다.

"망할 놈 같으니라고."

지난 며칠간 빌 웨이든과 설전했다. 그리고 빌 웨이든이 원하는 건 단 하나뿐이었다.

핵 공격만 하지 말아라.

물론 체르덴코는 그 대가로 우크라이나의 지원을 차단하려고 했다. 그러나 시간은 체르덴코의 편이 아니었다.

⚖

"뭐라고?"

"일부 도시가 반쯤은 마비 상태입니다. 노보시비르스크에서 대형 시위가 있었습니다."

"해산은?"

"일단 강제로 시키기는 했습니다만 다시 모일 수도 있습니다. 그리고 경찰력이 부족합니다."

"허."

노보시비르스크는 절대로 작은 도시가 아니다. 인구가 161만 명이다. 대전이 141만 명이니 대전보다 더 많은 사람이 있는 거다. 그런 곳에서 시위가 발생했다?

"이대로는 시위가 전국으로 퍼져 나갈 수도 있습니다."

"……."

전쟁에서의 패전 그리고 시위의 활성화. 그건 체르덴코가 가장 두려워하는 거다. 왜냐하면 그 말은 자신이 권좌에서 끌려 내려올 거라는 걸 의미하기 때문이다.

대단위 시위가 벌어지게 되면 경찰력으로 제압해야 하는데 현실적으로 그 숫자가 부족할 테고, 군을 동원해야 하는데 군은 이미 전선에서 싹 다 갈려 나가고 있다.

징집해서 투입? 그랬다가는 징집병들이 무기를 들고 시위대에 합류해서 정부군에 총질할 거다.

그리고 그쯤 되면 전 세계의 무기 지원은 우크라이나가 아닌 러시아 시위대 또는 반군을 향하게 될 게 뻔하다.

그렇다고 그걸 제압하기 위해 우크라이나에서 전쟁 중인 군대를 동원하면 우크라이나가 미친 듯이 몰아쳐서 자신의 숨통을 끊으려고 할 거다.

설사 그들이 러시아 본토 침공을 하지 않는다고 해도 그냥 크림반도만 되찾아도 체르덴코의 파워는 바닥으로 떨어질 테고, 그때부터는 군 내부에서 자신을 끌어내리자는 분위기가 조성될 수밖에 없다.

"그러면 방법은?"

"일단은…… 핵무기에 대한 공포는 없애는 게……."

말이 핵무기 공포를 없애자는 거지 선택지는 하나뿐이었다.

뿌드득.

자신의 자존심이 무너진다는 사실에 체르덴코는 이를 갈았지만 그런다고 그가 취할 수 있는 다른 선택은 없었다.

⚖

거의 비슷한 시간에 터키와 러시아의 발표가 있었다.

─터키가 핵무장을 한다는 것은 오해입니다. 터키는 어떠한 핵무장 계획도 없으며 미래에 핵무장 할 생각도 없습니다.

한국처럼 비핵화 선언까지는 아니지만 당장은 핵무장을 하지 않겠다는 터키의 발표가 나간 지 얼마 지나지 않아 러시아의 크렘린궁전과 백악관의 성명으로 또 다른 발표가 나왔다.

─미국과 러시아는 핵의 합리적이고 평화적인 사용과 확산을 위한 협상을 하기로 합의했다.

정치적 미사여구로 가득한 말이지만 그 의미는 간단했다.
'러시아에서 핵무기를 쓰지 않겠다.'

당연히 전 세계 언론은 이걸 미친 듯이 퍼 날랐다.

핵전쟁의 그림자가 사라지다

정치적 협상의 묘수

빌 웨이든, 전 세계에서 핵전쟁을 막다

미국으로 돌아가는 비행기 안에서 뉴스를 살피다가 자기 지지율을 확인한 빌 웨이든은 피식하고 웃었다.

"미스터 노 덕분에 많은 게 변했군요."

"별말씀을요."

"저놈의 러시아-우크라이나 전쟁도 끝을 보면 좋은데 말이죠."

"그건 쉽지 않네요."

러시아도, 우크라이나도 총력전이다. 체르덴코는 자기가 살기 위해 우크라이나를 집어삼켜야 하고, 우크라이나는 먹히지 않기 위해 싸우는 수밖에 없었다.

"그나마 이것만 해도 어딥니까?"

아이러니하게도 사건이 터지기 전과 바뀐 건 하나도 없다. 본질적으로 보면 러시아가 더 이상 핵무기를 협박 카드로 쓰지 못한다는 정도?

"그건 그렇습니다."

이번 사건의 최대 수혜자가 된 빌 웨이튼은 쓰게 웃으며 말했다.

"제가 가장 원하는 그림입니다."

그 말에 노형진은 그저 쓰게 웃을 뿐이었다.

'제가 원하는 그림은 아니죠.'

노형진이 가장 원하는 것은 러시아-우크라이나 전쟁을 멈추는 거지만 아무리 그라 해도 그건 불가능했기에 그저 속으로 쓴웃음을 삼킬 뿐이었다.

공사가 아니라 공공의 적

"뭐라고?"

송정한은 보고서를 받아 들고 기가 막혀서 말이 안 나왔다.

대한민국주택공사.

국민들의 안정적인 거주를 위해 만들어 낸 공사로, 어떻게 보면 정부 내부에서 가장 큰 예산을 통제하는 곳이 바로 대한민국주택공사였다.

그런데 그곳에서 한 공사에 대한 보고서는 도무지 말이 안 되는 수준이었다.

"그러니까 개발 예정지를 자기들끼리 사서 빼돌리고 철근도 빼먹고 콘크리트도 빼먹고 인건비도 빼먹고 설계비도 빼먹어? 아니, 이 정도면 안 빼먹는 게 있기는 하나?"

"……."

"말을 해 봐!"

송정한은 어지간하면 화를 안 낸다. 성격이 그렇기도 하고 정치하면서 화내는 게 도리어 손해라는 걸 너무 많이 배웠기 때문이다. 하지만 오늘만큼은 화를 안 낼 수가 없었다.

"미친 건가? 자네들 모두 미친 거야!"

"……."

"지금 이걸 보고라고 가져왔어!"

"……."

"무슨 말이라도 해 봐!"

"그…… 생계형……."

쾅!

송정한에게 주택공사 사장은 나름 변명하려고 했다. 하지만 그건 안 하느니만 못했다.

"생계형? 생계형? 지금 뭐라고 했나? 생계형? 미쳤나?"

"그게……."

"주택공사에서 부장급 한 명이 빼돌린 땅이 20억 규모야. 그 돈이 생계형이라고? 누구를 바보로 알아!"

아무리 부장급이라도 그 나이에 20억 원이 있을 리가 없다. 그리고 그만큼 대출이 나오지도 않을 거다.

그런데도 20억 원어치 땅을 샀다는 것은 둘 중 하나다.

대출을 해 주는 쪽에게 정보를 흘리고 불법 대출을 받았든가, 아니면 쩐주를 끼워 넣었든가.

"그렇다고 아래가 깨끗한 것도 아니야. 직원들조차도 작게는 2억, 크게는 수십억 땅을 사? 이거 봤나? 응? 대리급이 산 땅이 10억이야! 10억! 대리가!"

"……."

"땅은 그렇다고 치고, 건물은 이게 뭔가?"

"……."

"자네 미쳤나? 법을 위반해?"

노형진은 회귀 이전에 건설 현장의 감리가 얼마나 개판인지, 그리고 얼마나 뇌물로 흔들리는지 알기에 송정한을 설득해서 경쟁사에서 감리를 별도로 뽑는 방식으로 감리사를 구분하게 했다.

과거에 시공사에서 감리를 고용하던 것을 낙찰에서 2등으로 떨어진 건설사에서 감리를 보내도록 법을 바꾼 것이다.

또한 감리를 하는 사람의 경우 겸직하지 못하게 못 박아 넣었고, 공사 규모에 따라 감리 한 명이 아니라 충분한 인원을 가진 감리사에서 감리하든가 아니면 다수의 감리를 고용하게 했다.

예를 들어 총 3천 세대의 아파트의 경우 감리 한 명을 고용해 봐야 아파트를 전부 제대로 보는 건 불가능하기에 최소한 여섯 명 이상을 고용하든가 여섯 명 이상의 감리사를 보유한 회사를 고용하게 하는 것이다.

물론 그들은 겸직 금지이니 그곳에만 집중할 수 있게 해야 한다. 실제로 겸직 조항이 없는 걸 이용해서 혼자서 몇천 개에서 만 개 세대를 감리하고 그나마도 매일같이 접대받느라고 현장에 출근 안 하는 놈들도 있었기 때문이다.

　당연히 돈 주는 사람은 경쟁사니 감리는 뭐라도 하나 건지려고 눈에 불을 켰고, 그 덕분에 기업들은 원하지 않아도 튼튼한 건물을 지을 수밖에 없었다.

　만일 소송이 시작되면 그건 입주자 대 건설사 소송이 아니라 감리사를 낀 입주자 대 건설사 소송이 되는데, 그런 경우 경쟁사는 한 방 먹이기 위해 온갖 노력을 했기 때문이다.

　그렇게 건설 현장에서 불법을 막기 위해 노력했는데 황당하게도 사고를 친 건 주택공사였다.

　"미친놈들이 진짜!"

　일단 감리.

　경쟁사에서 뽑아야 한다. 그런데 이게 아파트의 경우에는 이 감리가 보고하는 게 바로 경쟁사라는 것이 문제였다.

　자기 고용 주체니까.

　문제는 이 주택공사가 건설 회사들에는 철저하게 갑이라는 거였다. 전국에서 수많은 공사를 하고 그 하청을 주는 게 주택공사다 보니 건설사들은 그들을 위해 침묵을 지킬 수밖에 없었다. 심지어 주택공사는 그 사실을 알고 압박을 가하기까지 했다.

그렇다면 그토록 감리를 피하는 이유가 뭘까?

당연히 빼돌리기 위해서다.

철근을 빼돌리고 콘크리트를 빼돌린다. 아파트를 지을 때는 콘크리트에 모래나 자갈을 넣어야 한다. 그걸 골재라고 한다. 골재는 콘크리트가 더욱 단단하게 굳게 하는 일종의 접착제 역할을 한다.

실제로 그게 없는 건물은 쉽게 무너진다.

하지만 그런 골재를 구하는 게 쉬운 일이 아니다. 사람들이 생각하는 것 이상으로 그 골재의 가격은 비싸다.

그래서 만들어진 게 바로 순환 골재다. 순환 골재란 건물을 해체하면서 나온 잔해를 다시 처리해서 사용하는 거다.

물론 그건 나쁜 게 아니다.

건물을 부순다고 해도 그 안에 골재가 들어가 있는 건 사실이고, 그걸 잘게 분쇄해서 그 안에 있는 걸 다시 쓰는 것만으로도 충분히 자기 역할을 할 수 있으니까.

그런데 주택공사는 그마저도 무허가 제품을 쓰면서 돈을 빼돌렸다.

그런데 그걸로 끝이 아니었다. 심지어 설계조차도 빼돌렸다.

애초에 건물이라는 것은 그 설계 과정에서 엄청난 계산을 해야 한다. 건축설계사가 달리 최고소득 직종이 아닌 거다.

하물며 동네 빌라 하나도 그 건축 비용이 수천만 원인데 거대 아파트 단지는 어떨까?

그런데 그 건축설계조차도 자기들끼리 마음대로 무허가 업체를 데려다가 썼다. 그리고 공통점은 공사의 높으신 분들이 그 자리에 있었다는 거다.

　실제로 높은 분을 모셔 오면 설계나 수주를 싹쓸이하는 건 일도 아니었던 것.

　"야, 이 미친놈들아!"

　반말을 안 하는 송정한조차도 극도로 흥분해서 길길이 날뛸 정도로 문제는 심각했다. 그도 그럴 게 땅에 대한 정보를 빼돌려서 땅을 사재기하는 건 불법이지만 일단 사람은 안 죽는다.

　그러나 건물이 무너지면 사람이 죽는다. 그것도 수백 수천 명이 죽는다. 콘크리트에서 철근까지 그 지랄인데 과연 아파트가 튼튼할까?

　더군다나 아파트를 올릴 때 단순히 벽돌을 쌓아 올리는 걸로 끝이 아니다.

　한국도 전 세계적으로 봤을 때 지진 안전지대가 아니기 때문에 내진 설계를 당연히 넣어야 한다.

　그런데 그런 내진 설계를 과연 무허가 업자들이 넣었을까? 아니, 넣을 줄이나 알까? 공사가 끝나면 물이 질질 새는 그런 아파트를 올리는데?

　그런데 이따위로 건물을 짓는다는 건 그냥 '누가 뒈지든 나 알 바 아니야.'라는 소리였다.

이미 한국은 삼풍백화점이 무너지면서 수백 명이 목숨을 잃은 적이 있다. 그런데 또 그 짓이라니.

"말해 봐, D등급이 뭔지."

"……."

"지은 지 두 달도 안 된 건물이 D등급이라는 게 말이 돼!"

"일단…… 그것도 사람이 살 수는……."

"미친놈이 진짜."

당연히 당장은 사람이 살 수 있다. 하지만 건물은 A등급부터 시작해서 노후화되면서 그 수명이 다해 간다. 그게 상식이다.

그러니 D등급이 E등급으로 떨어지는 속도는 얼마나 빠를까? 아마 초고속일 거다.

만약 A등급이었다면 튼튼한 만큼 건물의 폐기 등급인 E등급으로 떨어지기까지 한참 걸렸을 거다. 그런데 처음부터 D등급이다? 그러면 그만큼 약하다는 뜻이니 노후화되는 속도가 가속화될 거다.

짧으면 5년, 길어 봐야 10년 안에 E등급으로 떨어질 거다.

"너희 같으면 5년 안에 나가야 하는 아파트에 10억씩 태우겠냐!"

너무 화가 나서 반말하는 송정한. 그러나 주택공사 사장은 찍소리도 하지 못하고 고개만 숙이고 있었다.

"나가! 꺼져!"

그 모습이 더 화가 난 송정한은 그들을 내쫓고 의자에 주저앉았다.

"미치겠군."

송정한은 머리를 부여잡았다.

공사 놈들이 해 처먹은 게 일이 년의 문제가 아니다. 문제는 여론이라는 게 문제가 터진 시점에서 책임지도록 요구한다는 거다.

다행히 송정한의 지지율이 낮지는 않다. 하지만 그것과 별개로 지지율을 계속 유지하지 않으면 레임덕이 올 거다.

지금도 자유신민당과 민주수호당은 어떻게든 그의 지지율을 깎아내리기 위해 몸부림치고 있다. 그러니 무시할 수는 없는 노릇이다.

"후우…… 더군다나 이 문제를 어떻게 해결해야 할지도 모르겠고."

송정한은 쓰게 웃다가 인터폰을 들었다.

─네, 각하.

"노형진 자문 위원 좀 불러 봐요."

─바로 연락하겠습니다.

짧게 말한 그는 의자에 기대서 눈두덩을 비비며 한숨을 쉬었다.

"이걸 어떻게 한다."

'내 이럴 줄 알았다.'

노형진을 보면서 혀를 끌끌 찼다. 보고서에 나온 죄목이 말이 안 나올 수준이었으니까.

"어떻게 생각하나?"

"새 발의 피라고 생각합니다."

"그렇겠지."

공무원을 오랜 시간 대응해 봤기에 노형진도 송정한도 안다. 공사에서 이 정도의 조사 결과가 나왔다는 것만으로도 심각한 문제이지만, 동시에 이게 내부 문제의 10분의 1도 되지 않을 거라는 걸.

"제일 높은 사람이 부장이라니요."

걸린 사람들 중에서 제일 높은 사람은 부장이다. 그 아래로 적지 않은 숫자의 사람들이 있었다. 하지만 노형진의 경험상 이건 절대로 부장에서 끝날 일이 아니다.

왜냐하면 이 정도 해 처먹기 위해서는 상부에서 도움을 줘야 하기 때문이다.

"아마도 적당한 커트라인일 겁니다."

욕은 먹겠지만 높은 사람은 안 다치는 딱 그 정도의 커트라인.

"감사원이 나서서 탈탈 털어야겠군."

"당연한 거죠."

세상에서 가장 멍청한 행동 중 하나가 조직에서 자정을 외치면서 한 조사에 대해 믿음을 가지는 거다.

"아마 그 사건만 아니었다면 사건 조사도 제대로 안 했을 겁니다."

"끄응, 그러겠지."

그 사건이란 건설 중인 아파트가 무너진 사건이었다. 건물이 무너지면서 작업자 아홉 명이 죽었고, 그 사건으로 인해 나라가 발칵 뒤집어졌다.

'뭐, 돈의 힘은 위대했지만.'

원래 역사에서는 정부에서 그 사건으로 해당 기업을 제대로 처벌하겠다고 떠들어 댔지만 결과적으로 해당 기업에 대한 처벌 중 제대로 이루어진 게 하나도 없었다.

벌금 조금과 책임자 처벌, 심지어 안전 문제로 전부 새로 짓는다고 했다가 뇌물을 받고 일부만 다시 새로 올리는 걸로 끝나 버렸다.

감리도 마찬가지. 법이 바뀌면서 외부 감리가 들어왔지만 그 감리는 거의 매일을 여자 끼고 술판에 취해서 살다시피 했던 것으로 드러났다.

그걸 보고 송정한은 혹시나 하는 불안감에 조사를 명령했는데 그 결과가 이렇게 나온 것.

"안 봐도 뻔한 거 아닙니까? '적당히 커트하고 날릴 놈만

날리고 끝내자.'일 겁니다."

그렇다고 해서 아무것도 안 내놓거나 너무 적게 내놓으면
또 이상하다고 물고 늘어질 테고, 모조리 토하면 자기들도
날아가게 생겼으니 적당한 희생양을 내놓는 선에서 끝내려
고 할 거다.

"문제는 그것도 미쳐서 날뛰는 수준이라는 거죠."

노형진은 자료를 보면서 혀를 끌끌 찼다.

"이걸 내가 감사를 안 시킬 거라 생각하나?"

"아뇨. 압니다. 그러니까 자신 있는 겁니다."

"자신?"

"지금 감사원이 얼마나 바쁜지 아시죠?"

"아⋯⋯."

"여성부 하나만으로도 감사원은 폭발 직전입니다."

송정한은 여성부를 없앤다고 공약으로 말하지는 않았다.
하지만 조사해서 문제가 있다면 없애기로 마음먹었기에 여
성부에 대한 대대적 감사를 시작했다.

그리고 그 여성부 감사만으로도 감사원은 비명을 지르고
있었다. 얼마나 많이 해 처먹었는지 조사할수록 끝이 없어서
감사원 사람들이 집에도 못 갈 수준.

"제대로 된 감사가 안 이루어진다 이거군."

"감사원은 애매한 존재죠."

늘리자니 나중에 쓸데없이 늘어나는 조직이 될 가능성이

크고, 워낙 가진 권력이 강하다 보니 그 자체로도 부패할 가능성이 크다. 하지만 동시에 시스템이 복잡해지고 부패의 규모가 커지면서 확장을 안 할 수가 없는 상황이기도 하다.

"그리고 그걸 주택공사도 알 겁니다."

"음……."

"그리고 돈이 넘치는 놈들일 테니까."

"아…… 끙."

진짜 어지간하게 독한 사람이 아니라면, 돈을 주고 포섭하면 어렵지 않게 사건을 감출 수 있을 거라는 계산도 있을 거다.

"막말로 돈을 빼돌리기 가장 좋은 곳이 바로 주택공사 아닙니까? 왜 국회의원들이 너도나도 죽어라 국토개발위원회에 들어가려고 하는데요."

"끄응."

개발에 관련된 정보를 손에 넣고 그걸로 돈을 벌기 위해서다. 그리고 이미 그게 성공한 놈들이 한둘이 아닐 거다.

"더군다나 문제가 그것만 있는 것도 아니고요."

"그것만이 아니라니?"

"한국주택공사 아닙니까, 한국주택공사."

"그래서?"

"공사는 공무원이 아닙니다. 사기업에 가깝죠."

그 말이 의미하는 게 뭔지 알아차린 송정한은 눈에 띄게 굳었다. 그럴 수밖에 없었다.

"공무원처럼 시험을 봐서 뽑기는 하지만 형평성 문제에서는…… 글쎄요. 그게 보장이 됩니까?"

"안 되겠군."

"네, 당장 강원도에 있는 강원랜드도 엄밀하게 말하면 공기업입니다."

그리고 발칵 뒤집어진 게 바로 강원랜드다. 왜냐, 몇 년에 걸쳐서 삼백마흔 명을 뽑았는데 그중 단 한 명도 시험 봐서 뽑힌 사람이 없었기 때문이다.

정확하게는 몇 년에 걸쳐서 삼백마흔 명을 뽑았는데 그중 선발된 사람이 삼백여든한 명이라 이상해서 조사해 보니, 황당하게도 그 사람들이 모조리 부정 청탁을 받아서 입사한 사람들이었던 것.

그렇다 보니 시험 본 사람들은 100% 떨어지고, 그러고도 자리가 나지 않자 아예 기존에 있던 직원을 자르고 그 자리를 만들어 내기까지 했던 것이다.

더 웃긴 것은 그렇게 했더니 서로 자신들의 백을 자랑하면서 백이 없거나 약한 놈은 일하고, 백이 있는 놈은 일을 떠넘기거나 편한 자리로 가는 등 말 그대로 마굴이 되어 버렸다는 거다.

그리고 강원랜드에서는 이미 입사 시기가 오래되어서 누구도 자르지 못한다고 선을 그어서 그놈들은 여전히 일하고 있다.

"설마 이곳에서 그런 일이 없을 거라 생각하시는 건 아니시죠?"

"끄응."

여기서 나오는 정보의 가치는 어마어마하다. 그런데 과연 청탁이 없었을까?

더군다나 주택공사는 단 한 번도 부정 청탁으로 문제 된 적이 없다.

"정확하게는 누구도 부정 청탁으로 문제 제기를 한 적이 없죠. 이상하지 않습니까?"

"확실히 말이 안 되긴 하는군."

문제가 안 될 수가 없다. 수많은 공사들이 부정 청탁과 부정 취업으로 골머리를 앓고 있는데 전국에서 가장 많은 돈을 가지고 있고 그 정보로 은밀하게 돈을 벌어먹을 수 있는 주택공사에 과연 부정 청탁이 없을까?

"그럴 리가 없지."

현실을 알게 된 송정한은 절로 한숨이 나왔다.

"심각하겠군."

"지금까지 문제가 되지 않았다. 그 말은 둘 중 하나입니다."

문제가 진짜 없든가, 아니면 문제가 되지 못하도록 중간에서 끊임없이 커트했다는 소리다.

그리고 건물이 무너진 상황에서 문제가 없다는 건 말이 안되니 당연히 중간에서 끊임없이 커트했다는 소리라고 봐야 한다.

"더군다나 희생양으로 내민 부장 놈도 문제란 말이죠."

"부장? 부장이 왜?"

"부장이 20억을 해 처먹었다고 했죠?"

"그랬지. 정확하게는 땅 20억 원 상당을 산 거지만."

"네. 그런데 말입니다, 아까도 말씀드렸다시피 이번 조사에서 내밀린 놈들은 말 그대로 버려진 놈들입니다."

"버려진…… 끄응."

그렇다. 이번에 자체적 조사에서 걸린 놈들은 버려도 되는 놈들일 것이다.

"더군다나 부장도 빵대가리란 말이죠."

자기 명의로 사면 안 된다는 건 안다. 그래서 부장이 쓴 수법이 와이프 명의로 사는 것이었다.

물론 아무리 주택공사에서 대충 조사한다고 해도 그 정도도 못 알아내지는 않는다.

"그런데 놈이 20억입니다. 그러면 그 쩐주는 얼마나 샀을까요? 친척은요?"

"돌겠군."

20억을 지원해 줄 만한 놈이라면 최소한 자기 돈이 수백억은 있어야 할 거다.

"거기다가 직원도 10억을 샀죠."

"그랬지."

"일개 직원이 취업하자마자 그런 예민한 정보에 접근할 수 있겠습니까?"

턱도 없다. 실제로 보고서에는 대리도 아니고 그냥 사원으로 되어 있다.

"대통령님도 아시지 않습니까? 결국 실무에서 나서서 일 해야 하는 시점이 있습니다만 그렇다고 해도 어느 정도 급이 되어야 한다는 걸요."

진짜 실무자급에서 해당 지역에서 개발한다는 사실을 알고 접근할 정도면 딱 두 가지 경우다.

첫 번째, 아예 초창기에 해당 지역에 대한 평가에 대해 관여해서 아는 경우.

두 번째, 개발이 본격적으로 시작되어서 실무를 진행하는 경우.

"그런데 이 사람의 사번을 보면 애매하단 말이죠."

만일 초창기에 접근한 사람이라고 하면 지금쯤 못해도 과장급은 달아야 한다. 절대로 사원일 수가 없다.

국토에 대한 개발이 어느 날 갑자기 '저기는 이제 아파트 부지다!'라며 정해지는 것이 아니다. 오랜 시간 준비하고 계획을 세운다.

"더군다나 주택공사니까요."

주택공사가 맡는 공사는 재건축이나 재개발이 아니다. 주택공사는 신도시같이 아예 도시를 갈아엎는 수준의 큰 공사나 땅이 확보된 곳에서 아파트를 올린다.

그래서 건설사들이 주택공사의 눈치를 보는 거다. 도심 내부의 재건축은 잘해 봐야 몇천 개 정도지만 주택공사는 몇만 개에서 몇십만 개 정도로 규모가 다르기 때문이다.

심지어 정부라는 절대로 망하지 않는 자금줄이 있다.

"이 보고서대로라면 사원이 재건축 계획을 절대로 몰라야 합니다."

장기 계획에 속해 있기는 하지만 실무적으로 시작된 게 아닌 지역이다. 당연하게도 아직 사원인 직원은 이 정보에 대해 알 수도 없고 알아서도 안 된다.

"그런데 그런 직원이 어떻게 무려 10억이나 되는 땅을 살 수 있었을까요?"

"설마……. 아니지. 답은 하나뿐이겠군. 누군가가 흘렸다."

"맞습니다."

누군가가 정보를 흘렸다. 그것 말고는 답이 없다.

문제는 고작 사원에게 이런 정보를 누가 주겠느냐는 거다.

상식적으로 고위 관료도 아닌 사원에게 국토 개발에 관련된 정보를 고위직이 준다는 건 말이 안 된다.

"그러면 그 대상은 이 사원이 아닌 다른 누군가라는 의미입니다."

"하, 그렇군. 자네 말대로라면 이 사원이 그 부정 취업자겠군."

"맞습니다."

"하지만 그럴 거라면 바로 알려 달라고 하면 되는 거 아닌가?"

"그게 어디 쉽나요."

다짜고짜 '내가 좀 있는 사람인데 정보 좀 줘.'라고 하면 누구도 안 줄 거다. 인맥도 쌓고 관계도 좀 유지하면서 기름도 좀 쳐야 한다.

"가장 좋은 방법은 약점을 잡는 거죠. 청계 사건에서도 보셨잖습니까?"

"그건 그렇군. 끄응."

과거의 범죄를 설계해 주던 법무 법인 청계의 방식. 그 방식을, 송정한은 기억하고 있다.

그런데 그 청계가 범죄를 설계해 주는 이유가 단순히 돈일까?

아니다. 그렇게 범죄를 설계해 줌으로써 자신과 권력자 또는 부자와 하나의 운명 공동체로 엮고 그 자체로도 약점을 잡아서 흔드는 거다.

실제로 그 당시 청계는 어둠의 권력자를 넘어서 국가의 중대사에 어느 정도 영향을 끼칠 수 있는 강력한 힘을 가지고 있었다.

"그러면 입사 청탁이 약점이라 이건가?"

"약점이자 비밀의 공유죠."

실제로 범죄자들 사이에서는 그런 식으로 판검사를 길들이는 방법이 널리 알려져 있고, 그렇게 검사나 판사에게 주는 돈이 수십억에서 수백억이 된다는 건 딱히 비밀도 아니다.

"돈이 있는 곳에는 무조건 비리가 있습니다."

비리가 없다면 그건 100% 거짓말이다.

"더군다나 주택공사는 그 비리와 관련해서 한두 번 걸린 게 아니죠."

하지만 매번 터지고 매번 문제가 된다.

"왜 그러겠습니까?"

거의 모든 정권에서 비리가 터졌다. 차이점이라면 그게 언론에 공개가 되느냐 안 되느냐 정도의 차이일 뿐.

그리고 이제는 닳고 닳은 정치인이 된 송정한은 그 원인을 너무나 쉽게 알 수 있었다.

"뒷배가 있었다는 건가?"

"당연한 거죠."

이번에는 사람이 죽었다. 그래서 언론에서 나갔고, 그래서 좀 시끄럽지만 딱 그 정도. 언제나처럼 꼬리 자르기 정도만 해 두면 다시 넘어갈 거다. 그렇게 믿는 거다.

"미치겠군."

송정한은 저절로 한숨이 나왔다.

"대통령이 되면 다 고칠 수 있을 거라 생각했는데."

"군주의 눈을 가리는 건 쉽습니다."

보고만 안 하면 된다.

군주란 바쁜 자리다. 심지어 개혁 성향이라면 필연적으로 더더욱 바빠질 수밖에 없다. 그런 상황에서 다른 놈들을 먹잇감으로 던지고 자신만 빠져나가는 것은 어려운 일이 아니다.

더군다나 지금은 여성부라는 아주 군침이 좔좔 도는 먹잇감이 이미 존재하는 상황.

"검찰도 마찬가지 아닙니까? 그놈들이 쓰는 법을 다른 놈들이라고 못 쓸까요?"

송정한은 그 말에 쓰게 웃었다.

검찰과 경찰이 찾은 무죄의 증거를 감추는 건 불법이다. 하지만 검찰과 경찰이 무죄의 증거를 찾은 뒤 회수하지 않고 그걸로 죄를 뒤집어씌우는 방법은 수십 년째 계속 쓰이고 있다.

새론에서 그걸 문제 삼아도 그때뿐. 경찰과 검찰은 기를 쓰고 무죄의 증거를 회수하지 않으려고 한다.

"그러면 이 문제는 내부적으로 처리하려고 하면……."

"당연히 덮일 겁니다."

'그때도 그랬고 말이지.'

건물이 폭삭 무너져서 사람이 죽었다. 부실 공사로 인해 그 아파트가 버틸 수 없다는 조사 결과가 나왔다. 그리고 그 당시 정부에서는 해당 기업에 대해 분명 3년간 신규 사업을 받지 못하도록 자격 제한을 걸 거라고 공언했다.

하지만 그게 잠잠해졌을 때 그런 자격 제한은 걸리지 않았고, 심지어 무너진 아파트를 재건축이 아니라 고쳐서 쓴다는 허가도 내줬다.

다행히 나중에 그 사실이 언론에 보도돼서 문제의 건설사가 여론의 눈치를 보며 전면 철거 후 재시공하는 쪽으로 선회하긴 했지만, 정부에서는 고쳐 쓴다는 걸 승인한 시점에서 그들이 내놓은 뇌물이 얼마나 많은 효과를 주는지 보여 주는 사례였다.

"그러면 이건 외부적으로 어떻게 해야겠군."

"경찰에 고발하기야 하겠지만 현실적으로 힘들죠."

물론 정부에서 고발할 테고 실제로 어느 정도 책임자 처벌은 이루어질 것이다. 하지만 현실적으로 그 책임자 처벌은 당연하게도 현장 관계자에서 끝날 테고 높은 분들께서는 여전히 다른 공사 현장에서 빼돌리고 횡령하고 두둑하게 뇌물을 챙길 거다.

"이걸 어떻게 해야 할지 모르겠군."

송정한은 답답했다.

그도 그럴 게 자신은 대통령이다.

그런데 대통령은 전지전능하지 않다. 임기가 끝나면 아무것도 아닌 존재가 대통령이다.

정치적인 상징성이 없는 것은 아니겠지만 정치적인 상징성만 있을 뿐이다.

그러나 이 주택공사의 뿌리는 썩다 못해 아예 문드러진 수준이다. 그렇다고 해서 주택공사를 해체하고 다시 만들 수도 없다.

"그건 힘들겠지?"

"의미가 없죠. 여성가족부로 바꾼 여성부의 이름을 다시 가족사랑부로 바꾼다고 한들 뭐가 달라집니까?"

"끄응."

송정한이 현 여성 가족부의 해체를 결정하자 민주수호당과 일부 우리국민당의 당원들은 일부 부패한 사람들 때문에 해체하는 것은 말도 안 된다면서 그냥 다른 부서로 바꾸자고 주장했다. 그런 그들이 주장한 새로운 이름이 가족사랑부.

하지만 그래 봐야 현실은 사람은 그대로고 장관만 바뀌는 정도였다. 심지어 개혁하자면서 가족사랑부에 더 많은 권한을 줘야 한다고 주장했다.

당연히 송정한은 그걸 완전히 씹었다. 정확하게는 감사 결과에 따라 결정하겠다고 물러났다.

물론 감사 결과는 안 봐도 너무 뻔했기에 당장 물러난 것처럼 보일 뿐 여성부 해체는 확정이었다.

아니나 다를까, 본격적으로 감사가 시작되자 얼마나 개판인지, 그리고 얼마나 횡령했는지 드러나기 시작했다.

시중에서 10만 원짜리 화분이 500만 원으로 둔갑하고 여성 가족의 밤이랍시고 여성들을 모아서 저녁 먹는 파티 하는데 4억을 썼는데 그 여성의 80%가 여성부 직원이고 여성 재활 교육이라고 120억을 썼는데 수료자가 고작 여덟 명뿐인 경우도 있었다.

이것이 법이다

당연히 그들을 지키려는 정치인들은 눈깔이 돌아가서 여성 탄압이라고 게거품을 물었지만, 그 감사가 슬슬 자신들에게로 방향을 바꾸자 갑자기 '송정한 대통령 만세!'라며 돌아서는 놈들도 있었다.

물론 그런다고 송정한이 봐줄 리도 없었는데, 조사 결과 아예 대놓고 여성부에서 뇌물이나 접대를 받은 흔적이 튀어나오기 시작했던 것.

"더군다나 아시지 않습니까. 아무리 부작용이 심해도 결국 주택공사는 필요한 조직입니다. 여성부랑은 다르죠."

여성부는 업무와 관해 보자면 크게 필요한 조직이 아니다.

정확하게 표현하자면 지금이야 덩치가 크고 그걸 유지하기 위해 필요하다고 주장하지만, 원래 그걸 담당하던 부서가 따로 있는데 덩치를 키우기 위해 굳이 그걸 우겨서 가져온 경우가 대부분이었고 과거의 여성 차별문제는 시대가 바뀌면서 거의 대부분 사라진 상황이었다.

더군다나 엄밀하게 말하면 여성부에서 말하는 여전히 남아 있는 성희롱 등의 문제는 여성부가 아닌 경찰의 소관이다.

실제로 성희롱이나 강간 등 여성 관련 범죄에 대해 피해자가 여성부에 연락하면 여성부는 소관이 아니라면서 경찰에 신고하라고 해 버리고 신경도 쓰지 않는다.

그들이 피해자에게 신경 쓰는 경우는 자신들의 존재감을 과시하기 위해 그런 피해자를 방패로 세울 때뿐이다.

"그에 반해 주택 문제는 다르죠."

한국에서 집이 없는 사람들이 절대다수다. 특히 극빈층이나 빈민층은 여전히 열악한 곳에서 생활 중이고 그들에게 임대주택은 멀쩡한 생활을 유지할 수 있는 몇 안 되는 기회 중 하나다.

만일 주택공사가 사라져 버린다면 그런 공급을 오로지 민간 건설사가 담당해야 하는데, 당연히 그런 곳들에서 임대주택을 공급할 리가 없으니 결국 국민의 주거 환경 개선은 물 건너가는 거다.

"그러면 어떻게 해야 하나."

뿌리까지 썩어 버린 나무를 잘라 낼 수도, 그렇다고 놔둘 수도 없는 상황에 송정한은 고민으로 가득했다.

물론 다른 사람들을 모아서 회의해 보기는 할 거다. 하지만 노형진의 말대로라면 거의 100% 그 안에서 나올 말은 '위법을 저지른 놈들을 고발하자.' 수준일 거다.

그리고 딱 거기까지. 그 후에 경찰과 검찰에서는 따로 연락받고 꼬리 자르기가 이루어질 거다.

"그럴 때는."

노형진은 간단하게 말했다.

"사실대로 말하면 됩니다."

"그놈들이 사실대로 말하라고 한들 순순히 따를 놈들인가?"

"아니요. 사실대로 말하도록 시키라는 게 아니라 대통령님께서 사실대로 말하시라는 겁니다."

"사실대로 말하라고?"

"네. 보통 이럴 때는 거의 모든 대통령이 지지율을 신경 쓰느라고 솔직하게 말을 못 하거든요."

실제로 이런 문제가 터지면 지지율은 급속도로 떨어진다.

설사 전 정권의 아주 오래된 문제라 해도 떨어지는 건 현 대통령의 지지율이다.

"그걸 알기에 저놈들이 저러는 겁니다."

"그래서?"

"하지만 아이러니하게도 말입니다, 현직 대통령에게 지지율은 딱히 중요한 게 아니죠."

왜냐하면 아직까지는 대통령은 단임제다. 즉, 다음 선거가 없다. 그러니 똥줄 타는 건 국회, 그것도 우리국민당뿐일 거다.

"설마?"

"전쟁하려면 아군부터 만들어야지요."

이 시점에서 대통령이 주택공사의 비리를 고치기 위해서는 혼자서 싸워야 한다. 주택공사 대 대통령의 구도가 될 테고 정작 국회가 할 일은 없다.

"하지만 국회부터 끼어들기 시작하면 이야기가 달라지죠."

"약간의 지지율을 제물로 삼아 국회를 소환한다 이건가?"

"네, 그리고 송 대통령님을 까기 위해서는 우리국민당뿐만 아니라 자유신민당이나 민주수호당도 게거품을 물걸요."

"흐음."

확실히 그렇게 되면 뒤에 누가 있는지는 몰라도 방어가 쉽지 않을 거다.

의외로 대통령은 무시하기 쉽다. 어차피 나갈 인간이라고 생각하면 그만이니까.

하지만 국회의원은 아니다. 그들은 능력만 된다면 계속 재선할 수 있다.

"물론 국회의원 중에도 그들에게서 정보를 받아 처먹는 놈들이 있겠지만요."

"그들을 실드를 친다는 것 자체가 자기들이 정보를 받아 처먹는다는 증거가 되겠군."

"맞습니다."

"하지만 그래도 검찰과 경찰이 조사하는 건 바뀌지 않네만?"

"물론 그렇죠. 하지만 법에 대한 해석 문제를 조금만 비틀면 이걸 전국적인 문제로 바꿀 수 있습니다."

"전국적인 문제?"

"네, 일단은 기자회견부터 하시죠."

송정한은 고개를 끄덕거렸다.

"일단 한 방 먹이고 시작하는 거 마음에 드는군, 후후후."

이것이 법이다

검사 한번 해 봅시다

얼마 후 청와대의 기자회견이 있었다.

물론 청와대의 기자회견이라고 해서 송정한이 직접 나선 건 아니었다. 청와대 대변인이 나서서 하는 기자회견이었다.

하지만 그 내용은 심상치 않았다.

"이번에 청와대에서는 주택공사에 대한 자체 조사 결과 심 각한 문제가 있다는 사실을 인지하였습니다. 하지만 그 자체 조사 결과에 대해 대통령 각하께서는 믿음을 가질 수가 없다면 서 추가적인 조사를 위해 검찰과 경찰에 고발할 예정입니다."

"뭐라고요?"

"지금 그러니까 대통령이 휘하에 있는 부서를 대놓고 못 믿겠다고 말하신 겁니까?"

"그렇습니다."

낯선 상황에 기자들은 모두 혼란스러워했다.

그럴 만도 했다. 정부 조직의 수장은 대통령이다. 당연히 문제가 생기면 '대통령이 격노했다.'라고 표현하면서 해당 부서를 고발하거나 자체 조사를 하라고 압박하는 것이 일반적이었다.

"그런데 못 믿겠다고요?"

그런데 격노가 아니라 못 믿겠다니.

지금까지 이런 문제에 대한 대통령 입장문을 수십 번 본 국회나 청와대 출입 기자들조차도 처음 보는 말이었다.

"그 말이…… 음…… 무슨 뜻인지 모르시는 겁니까?"

"알고 있습니다."

모를 수가 없다. 대통령이 아래 부서를 '못 믿겠다.'라고 말하는 것. 그 말은 대통령이 부서에 대한 통제력을 장악하지 못하고 있다는 의미다.

그렇기에 수많은 대통령이 격노했다고 표현할지언정 지금처럼 못 믿겠다고 표현하지는 않는다.

"이게 뭐 소리지?"

"유체 이탈 화법인가?"

"아니, 유체 이탈 화법이라고 볼 수도 있기는 한데…… 그런 것치고는 또 애매하잖아?"

유체 이탈 화법이란 책임지는 사람이 자신은 그것과 관련이 없는 것처럼 말하는 화법이다.

예를 들어 검사가 기소를 잘못해서 억울한 누명을 쓴 사람이 나온다면 검사는 그 기소에 관해 '죄송합니다.'라고 해야 한다.

하지만 일부 검사는 그 책임을 지기 싫어서 '이번 일로 기소 시스템을 재정비해야 합니다.'라고 한다거나 '경찰의 부당한 수사로 피해가 발생했습니다.'라면서 발을 빼 버린다.

이번도 마찬가지다. 어떻게 보면 유체 이탈 화법이다.

그런데 유체 이탈 화법의 핵심은 자기가 책임지지 않고 그 책임을 다른 곳에 돌리는 것이다. 하지만 믿지 못한다는 말은 자기가 장악을 못 했다는 능력 부족을 인정하는 셈이었다.

'뭔가 목적이 있을 텐데.'

닳고 닳은 정치인이 아무런 생각도 없이 저렇게 말할 리가 없다. 심지어 말하다 실수한 것도 아니고 청와대에서 대변인을 통해 발표한 공식 입장이다.

"어떤 면에서 믿지 못한다는 겁니까?"

결국 기자들은 다급하게 질문을 던질 수밖에 없었다.

"이 조사에 대해 믿지 못한다는 겁니까?"

"단순히 이 조사 결과를 믿지 못하다는 겁니까?"

'확실히 그럴 만도 하지.'

사회의 어두운 부분을 추적하는 것이 바로 기자다. 그런 기자들이 이 조사가 얼마나 대충, 그리고 얼마나 꼬리 자르기로 이어질지 모르지는 않을 거다.

　그러나 그다음 말은 그들을 충격에 빠트리기에 충분했다.

　"단순히 이 조사에 대해서만 믿지 못하는 게 아닙니다."

　"그러면요?"

　"추후 이루어질 검사와 경찰의 조사에 대해서도 확신을 가지지 못한다는 뜻입니다."

　'미친 건가?'

　'정치를 안 하겠다는 건가?'

　기자들은 멘붕 했다. 이건 대놓고 대통령 자신의 통제력 상실을 인정하는 말이니까.

　"그러면 대통령은 조직에 대한 통제력 상실을 인정한다는 겁니까?"

　"그건 아닙니다."

　"그건 아니라고요?"

　"대통령님께서는 현실적으로 고발한들 권력자들이 사건을 덮기 위해 엄청난 압박을 가할 거라 생각하고 계십니다. 그리고 그 권력에 대응하기에는 검찰과 경찰 내부의 힘이 부족할 거라 생각하십니다."

　"뭐라고요?"

　"조직에 대한 통제력이 상실된 게 아니라 외부의 압박에 혼자서 대항하기에는 한계가 있다는 말씀입니다."

　"그게 무슨 소리예요?"

"이번 조사 결과 부장급 인사가 와이프의 명의로 20억의 아파트 개발 부지를 구입했습니다. 그런데 부장급 인사가 20억의 돈을 어디서 구했는지에 대해서는 이 조사 결과에서 전혀 나오지 않았습니다. 그리고 이 부장급 인사 조사 결과 대출은 단 한 푼도 없었습니다."

"……."

그 말에 다들 눈을 데굴데굴 굴렸다. 대출도 없이 20억을 당겨 올 수 있는 사람은 거의 없다. 그건 기자들도 안다.

그렇다면 외부에서 빌렸을까? 과연 누가 부장급 인사에게 아무런 조건도 없이 20억을 빌려줬을까?

게다가 대출은 일단 은행에서 빌린 뒤에 외부에서 빌리는 게 일반적이다. 은행이 그나마 대출이자가 싸니까. 더군다나 공사의 부장급 인사라고 하면 대출이 쉽게 나올 거다.

"대통령께서는 이 뒤에 돈을 제공한 누군가가 있을 거라 생각하시고 그 과정에서 정보의 누출이 당연히 있었을 거라 생각하고 계십니다."

"정보의 누출?"

"그간 주택공사의 수많은 조사 기록을 보면 딱 그 땅을 산 사람들에 대해서만 조사가 이루어졌지, 그 뒤에 있는 누군가에 대해서는 단 한 번도 조사가 이루어지지 않았습니다. 그들이 누군지, 얼마나 큰 파워를 가지고 있는지는 모르지만 주택공사는 지난 수십 년간 관련 조사를 받았음에도 매번 내부자 몇몇에 대한 조사로 끝났습니다."

"그건 그렇지."

"예를 들어 이 부분에서도 보시면 누군가가 철근을 빼돌려서 처분했고 내부자가 그 문제로 처벌받은 적이 몇 번 있습니다. 그런데 철근을 고물상까지, 그 내부자가 들고 가서 팔아먹은 건 아닐 거 아닙니까?"

"확실히······."

"일부에서 순살 아파트라는 말이 나오던데 철근의 30%를 넘어서 60% 이상 빼먹은 아파트들도 나오는 판국입니다. 그런데 왜 철근 구매자에 대한 조사 기록은 단 한 번도 없을까요?"

기자들은 그 말에 서로를 바라보았다.

확실히, 그런 식으로는 수사를 안 하기는 했다. 이런 건 판매자뿐만이 아니라 구매자를 처벌해야 한다. 그런데 구매자는 단 한 번도 처벌받지 않았다.

"고철 업자는 아주 큰돈을 쥐고 현금을 움직이는 사람이 대부분입니다. 사람들이 고물상이라고 무시하는데 제대로 된 거대 재활용 업자는 수십억에서 수백억을 단박에 움직입니다."

"그걸 어떻게······."

누군가가 그걸 어떻게 아느냐고 물어보려고 하자 옆에 있던 기자가 그를 툭 쳤다.

"판사에 변호사까지 하다가 정치하던 사람이잖아."

"아, 그렇겠네."

다들 그 말에 고개를 끄덕거렸다. 정치만 하는 사람과 현실을 살다 온 사람은 아는 게 아무래도 다를 수밖에 없다.

"그래도…… 이건 정치적으로 위험부담이 큰데……."

아무리 지식이 있다 한들 대통령이 국가조직의 통제를 못한다는 점은 부정적일 수밖에 없다. 물론 노형진도 그걸 알고 있었다. 그랬기에 그에 대응하기 위해 새로운 방식으로 도입했다.

"그렇기에 대통령 각하께서는 국회에 특검을 요청하고자 하십니다."

"특검?"

"특검이라고?"

특검이란 고위 공직자의 비리나 위법 혐의 등을 조사하기 위해 임시 수사 기구를 만들어 조사하는 제도다.

검사 등 수사 기관 등이 관련된 사건이라 여러 가지 이유로 인해 믿을 수 없거나 정치적으로 예민해서 검사에게 수사를 맡기지 못할 경우, 국회나 변호사회 또는 대법원 등에서 특별 검사를 신청하고 대통령의 재가를 얻어서 준비 기간 20일과 수사 기간 60일 그리고 상황이 심각한 경우 대통령의 재가를 통해 추가 수사 기간 30일을 추가해 최장 110일 동안 조사할 수 있는 제도다.

그리고 이 특검은 국회에서 요구하고 대통령의 재가를 받는 식으로 굴러간다.

왜냐하면 특검이라는 것 자체가 현실적으로 고도의 정치 행위에 들어가는 사건들이기 때문이다.

일반 사건은 아무리 그 규모가 커도 결국 검찰의 영역이다. 하지만 특검을 한다는 것은 그 뒤에 있는 권력형 비리에 대해서도 감시한다는 거고, 그건 거의 대부분 현직 대통령에 대한 심각한 정치 부담으로 다가오기에 대통령 측에서 특검을 요구하는 경우는 드물다.

아니, 한국 역사상 대통령이 특검을 요구한 경우는 단 한 번도 없었다.

"특검을요?"

그랬기에 기자들은 놀란 거다. 역사상 처음으로 있는 일이니까.

하지만 그에 대해 이미 청와대 대변인은 할 말을 다 준비한 상황이었다.

"그게 나쁜 건가요?"

"전례가 없지 않습니까?"

"하지만 청와대가 특검을 요청하지 말라는 법도 없지요."

"그거야 그렇지만……."

"대통령 각하께서는 나라의 안정과 국민들의 안전을 위해 이용할 수 있는 것은 모두 이용할 생각이라고 하셨습니다만."

"이용할 수 있는 모든 것이라……."

확실히 특검이 시작되면 아마 영혼까지 털릴 거다.

그렇다고 모든 특검의 실적이 좋은 건 아니다. 사실 특검 무용론이 나올 정도로 절대다수의 특검이 사실상 실패해 제대로 된 수사 결과가 나온 적이 없다.

왜냐하면 일단 특검을 지정해도 그걸 집행하는 사람은 검사이기 때문이다.

정확하게는 대통령에 의해 재가된 특검이 검사로서의 모든 권한을 행사하며 수사를 지휘한다.

문제는 그렇다고 해서 그가 갑자기 검사의 모든 수사 방향과 수사 방식에 대해 알게 되는 건 아니라는 거다.

그는 외부의 압력에 대해 자유롭지만 그 아래서 일하는 실무자들은 그렇지 않은 경우가 많다.

정작 특검을 하는 당사자야 안전하다지만 계속 일하는 검사나 수사관은 추후 보복이 들어오는 경우가 많기에 대충대충 설렁설렁하면서 역으로 사건을 덮으려는 경우도 많기 때문이다.

그럼에도 불구하고 특검이라는 것은 무시할 수 없는 힘을 가지고 있다. 왜냐하면 정치적인 문제가 아예 없거나 진짜로 임자를 만나는 경우 대상을 아예 박살 낼 수 있는 게 특검이니까.

"굳이 특검을 해야 합니까?"

기자 중 한 명이 뭔가 낌새가 이상했는지 태클을 걸었다.

"당연히 해야 합니다."

"검찰에 맡겨도……."

"글쎄요. 그러면 답은 나와 있겠죠."

"그래도⋯⋯."

그 기자가 계속 꼬투리를 물고 늘어지려고 하자 대변인은 이럴 때를 대비해서 미리 준비한 말을 했다.

"아파트가 무너지면 거기에서 살던 사람이 죽습니다. 그런데 가난하다는 이유로 죽어야 합니까?"

"그⋯⋯."

"주택공사의 탄생은 서민들에게 살기 위한 주택을 공급하기 위한 목적이었습니다. 화려한 주택이 아니라 최소한 내 집에서 마음 편하게 지낼 수 있게 하는 게 주택공사의 책임입니다. 그런데 가난한 사람들이 살 거라는 이유로 원자재를 빼돌리고 그 과정에서 집이 무너질 수 있는 가능성을 무시하면서 집을 올리면 과거에 있었던 인간 살처분과 뭐가 다릅니까?"

"⋯⋯."

인간 살처분 사건. 대한민국을 발칵 뒤집은 사건이었다.

요양원의 탈을 쓰고 노인들에게 약을 써서 살처분한 뒤 법적인 허점을 이용해서 살인을 감췄던 사건.

그 이야기가 나오자 기자들은 할 말이 없었다.

"그건 좀 확대해석 아닙니까?"

하지만 그 기자는 필사적으로 실드를 치려고 노력하고 있었다. 노형진은 그 모습을 숨어서 지켜보면서 속으로 비웃음을 날렸다.

'사주가 두둑하게 챙겼나 보네. 하기야, 언론사 사주가 여기서 빠질 리가 없지.'

한국에서 언론사 사주들은 강한 권력을 가진다.

그리고 사람들이 잘 모르는데, 한국에서 언론사 사주의 절대다수가 바로 건설사들이다.

언론에서 매일같이 아파트 호재를 외치는 이유가 그거다. 사주 입장에서는 그래야 아파트가 비싸게 팔리니까.

'그리고 그걸 일부 기자들이 모를 리가 없지.'

그러니 저렇게 필사적으로 매달리는 거다. 하지만 그런다고 해도 이미 분위기는 이미 이쪽으로 넘어와 있었다.

"사람의 목숨을 가지고 장난치는 것은 절대로 용납할 수 없는 일입니다. 주택은 마음 놓고 국민들이 쉴 수 있는 공간이어야 하지, 언제 무너질지 몰라서 눈치 보면서 튀어 나갈 준비를 하는 공간이 아닙니다."

"아니, 그래도 특검은……."

"그리고 저희가 개인적 욕심을 위해 이러는 게 아니지 않습니까? 그리고 국민들의 안전에 대통령이 어디 있고 여야가 어디 있습니까?"

틀린 말은 아니었다. 국민들이 살고 있는 집이 무너질지도 모르는데 거기에 파벌은 있을 수가 없다. '공식적으로는' 말이다.

"그래도…… 특검은……."

자꾸 꼬투리를 잡으려는 기자를 옆에 있던 기자가 툭 치더
니 고개를 흔들었다. 그제야 그 기자는 자신을 다른 기자들
이 한심스럽게 바라보고 있다는 걸 알아차리고는 조용히 입
을 다물었다.

　"물론 국회에서 저희 요청을 받아들이지 않을 수도 있습니
다. 하지만 그런 경우 그 책임은 국회에서도 부정할 수 없게
될 것입니다."

　그리고 그 말에 기자들은 얼굴이 창백해졌다.

⚖

　"국회에서 안 받아들여 줄 수가 없겠군."

　"당연하죠. 그랬다가는 망할걸요."

　노형진이 제안한 새로운 방법. 그건 특검이었다.

　"아마 이렇게 대놓고 특검을 요청할 거라는 건 아마 몰랐
을 겁니다."

　"그러겠지. 절묘한 한 수야."

　"네, 국회는 이걸 거절 못 합니다."

　만일 거절한다? 그러면 누구도 믿지 못한다는 송정한의
말이 증명되는 셈이다.

　이미 특검을 할 만한 증거가 충분히 확보된 상태다. 자체
조사만으로도 이 지경이니 특검을 하기에는 충분하다.

"그렇다고 받아들이기도 애매하겠죠."

분명히 정보를 빼돌려서 투기한 놈들이 있을 거다. 설사 아니라고 해도 그 짓거리를 한 놈들이 어떻게든 막을 거다.

"그리고 결사적으로 반대하는 국회의원들 뒤를 캐면 그걸 특정하는 건 일도 아닐 겁니다. 물론 건설사 대부분은 걸려들겠지만."

"끄응."

송정한은 머리를 절레절레 흔들었다.

"어느 쪽이든 내 쪽이 욕먹을 가능성은 그다지 높지 않겠군."

"물론 오늘부터 언론사에서는 대통령님을 아주 미친 듯이 깔 겁니다."

"알고 있네. 그렇다고 안 할 수는 없는 일이니까."

하지만 아무리 언론사에서 깐다고 해도 사회적인 책임의 영역에서 이쪽이 더 많은 정당성을 가진 이상 특검은 예정된 상황이었다.

"이제 기다리기만 하면 됩니다."

쉽지 않은 일이겠지만 그렇다고 해도 저들이 할 수 있는 건 거의 없었다.

⚖️

대한민국을 양분하는 현 대통령의 권력

모 의원, "독단적 결정을 하는 현 대통령, 탄핵 시급해"

대통령의 독단, 나라의 경제를 망칠 수도 있어

노형진의 예상대로 언론에서는 미친 듯이 송정한을 욕하기 시작했다. 하지만 도리어 송정한의 지지율은 떨어지기는커녕 살짝 올라갔다.

그럴 수밖에 없는 게 언론이 개혁형의 대통령인 송정한을 좋게 안 본 게 한두 해 일도 아닌 데다, 애초에 송정한이 대통령이 된 후에 좋은 관계를 유지하는 허니문 기간조차도 없었다.

그랬기에 국민들이 언론에서 당연하게 깔 거라는 걸 알고 애초부터 그다지 신경 쓰지 않았던 거다.

하지만 그런 여론에 기자나 사주, 건설사 그리고 정계는 발등에 불이 떨어졌다.

"이거 특검 받아 줘야 합니까?"

"당연히 해야지요. 안 받으면 무슨 욕을 먹으려고."

우리국민당 내부에서조차도 이번 특검 요청에 대해 말이 많았다. 정확하게는 그걸 받아들이자는 절대다수와 그걸 반대하는 일부 소수의 싸움이 계속되고 있었다.

"이거 송정한 대통령한테 놀아나는 거예요! 한국의 건설사가 망하면 한국도 망해요!"

"아니, 여기서 건설사가 왜 나와요? 우리가 특검 대상은 주택공사예요! 주택공사!"

"그게 그거 아닙니까?"

"뭐가 그게 그거예요? 어차피 건설사는 하청인데."

"그러니까 주택공사가 망하면 건설사가 망하죠."

"공사 개념 몰라요? 공기업입니다, 공기업. 공기업이 망할 정도면 나라도 망하는 수준입니다."

"그러니까 안 된다니까요. 주택공사가 망하면 나라도 망해요!"

"아니, 이 사람아. 그게 뭔 헛소리야? 주택공사가 나라야?"

"안 되는 건 안 되는 겁니다."

"진짜 보자 보자 하니까 헛소리를 너무 거창하게 하네!"

"뭐라고? 헛소리? 야! 너 지역구 어디야? 어디 시골 코딱지만 한 지역구 출신이 감히!"

"뭐? 시골 코딱지? 씨팔. 넌 부산이 코딱지만 한 곳이냐!"

"나 강남이야! 강남!"

"지랄 났다! 그래서 뭐!"

결국 언성이 높아지는 두 사람. 그 모습을 결국 보다 못한 당 대표가 목소리를 높였다.

"그만하세요. 지금 뭐 하자는 겁니까?"

"그게……."

"주 의원! 얼마나 받아 처먹었는지는 모르지만 적당히 해요!"

"아니, 제가 뭘 받아 처먹었다고 그러십니까?"

"그러면 단독적으로 발표하세요, 나는 특검 반대한다고!"

"……."

그 말에 주 의원은 아무런 소리도 못 했다. 그랬다가는 다시는 금배지를 달지 못하게 될 테니까.

"송정한 대통령이 특검 요청한 건 무시할 카드가 아닙니다."

그제야 조용해진 상황에서 당 대표는 쓰게 웃었다.

"우리가 이걸 안 받아들이면 송정한 대통령은 다른 수단을 쓸 겁니다."

"무슨 수로요?"

"잊어버렸습니까? 그 인간, 법무 법인 새론 대표 출신입니다. 이번 청와대 대변인 발표에서 고철 이야기가 우연히 나왔을 것 같습니까?"

그럴 리가 없다.

모든 정치적 언어가 다 목적성이 있지만 대통령실에서 나오는 말은 그 말 한 마디 한 마디에 의미가 있다. 발표할 때 대충 써 가는 게 아니라 점 하나 단어 하나도 수십 명이 달라붙어서 검토하고 분석한다.

그리고 송정한은 판사에 변호사까지 했던 사람이라 그런 의미에 대해 모를 인간이 아니었다.

"솔직히 거기가 그 고철 이야기랑 자본 이야기가 나올 자리는 아니죠. 설마, 대변인이 그런 사실을 알고 언급했을까요?"

당연히 아니다. 청와대 대변인도 정치인이고 그는 고물상은커녕 아마 공병 판매조차도 안 해 봤을 인간이다.

그런데 그런 그의 입에서 고물상과 고철 이야기가 나왔다는 건 이미 그 발표문에 그 내용이 들어가 있다는 의미다.

"그러면……."

"다 아니까 수 쓰지 말라는 경고입니다."

"큭."

유통망도, 누가 수를 쓰는지도, 어떻게 현금화하는지도 다 아니까 순순히 따라오라는 경고.

"그런데 지금 반대했다가 나중에 진짜로 터지면? 어쩔 겁니까?"

"……."

아마도 욕이라는 욕은 국회의원들이 다 처먹을 거다.

"이걸로 아마 살생부가 나눌 겁니다."

"살생부요?"

"안 그렇습니까? 이걸로 살생부를 나눠서 받아 처먹은 놈들은 나중에 배지 반납하고 나가야 할 테고 공천도 못 받겠죠."

그 말에 최 의원의 얼굴이 노래졌다.

"더 기가 막힌 건 이걸 우리만 고민하는 게 아닐 거라는 거예요."

"네?"

"다른 정당에서는 이번 일로 송정한 대통령을 공격하고 싶을 겁니다. 이미 사설로 공격 중이기도 하고요."

이유는 간단하다. 노형진의 예상대로 대통령이 조직을 제대로 이끌지 못한다는 거다.

"그리고 그걸로 미루어 봐서는 이미 민주수호당하고 자유신민당은 특검을 받아들이기로 당론을 결정했을 겁니다."

"그걸 어떻게 아십니까?"

최 의원은 당혹스러운 기분을 느끼며 물었다. 그래도 송정한과 사이가 안 좋은 민주수호당과 자유신민당이라면 특검을 거절할지도 모른다고 기대하고 있었던 것이다.

그러나 그 말을 들은 의원들은 하나같이 최 의원을 바라보다가 속으로 혀를 끌끌 찼다.

'멍청한 놈.'

'저 새끼 공천은 끝났네.'

'저걸 국회의원이라고, 쯧쯧.'

"하아~."

그걸 아는 건지 당 대표가 한숨을 푹 쉬었다.

"최 의원. 생각해 봐요. 조직 장악도 못해서 무능하다고 물어뜯고 나서 특검에 반대하면? 그러면 장악을 방해하는 세력이 누가 될 것 같습니까?"

"아…….."

당연히 국회가 된다. 그리고 그런 경우 사람들은 국회가 뇌물을 받아 처먹은 게 있으니까 장악을 방해한다고 생각할 거다.

즉, 장악으로 욕하는 시점에서 두 당에서 당론은 특검을 받아들이자는 의미가 될 수밖에 없다. 국민들에게 '보십시오. 청와대에서 일 못해서 저희가 대신 합니다.'라는 신호를 줘야 하니까.

결과적으로 그들은 당론으로 최소한 주류 의견으로 특검을 받아들이자고 이야기가 되어 있었다는 소리였다.

"그런데 우리가 그걸 반대하면? 그림이 어떨 것 같아요?"

"……."

당연히 국민들 입장에서는 우리국민당이 뇌물을 받아 처먹었다고밖에 안 보인다.

"선택지가 없어요. 선택지가."

"큭."

그 말에 최 의원의 얼굴이 창백해졌다. 하지만 진짜 무서운 소리는 그다음이었다.

"그러면 특검 책임자는 누가 될까요?"

누군가의 말에 당 대표는 시큰둥하게 말했다.

"누구일 것 같습니까? 이미 답은 나온 것 같은데."

다들 그 말에 고개를 끄덕거렸고, 오로지 단 한 명 최 의원만 얼굴이 창백해질 뿐이었다.

다음 권으로 이어집니다

천재 셰프 회귀하다

신사 현대 판타지 장편소설

송장벌레 신무협 장편소설

귀신같은 창귀檜鬼가 돌아왔다,
때 묻지 않은 어린 시절의 몸으로!

피로 몸을 씻던 전장의 말단 독종
구르고 굴러 지고의 경지까지 올랐으나……

혈교의 혈겁을 막기 위한 회귀인가
의형제의 복수를 위한 회귀인가
알 수 없다
전생에서 그를 막던 모든 것을 치울 뿐

"내 의형의 가슴팍을 칼로 도려내기도 했고?"
"무, 무슨 소리야…… 그런 적 없어!"
"그런 적 있어. 기억은 안 나겠지만."

매 걸음마다 피도 눈물도 없는 전투
세상 모든 것이 그를 꺾으려 든다!

꿈의 도약, 로크에서 하십시오
(주)로크미디어에서 신인 작가를 모십니다

즐거운 세상, 로크미디어는 꿈을 사랑하고 도전을 두려워하지 않는 작가 분들의 참신한 작품을 기다리고 있습니다. 21세기 장르 문학계를 이끌어 갈 차세대 선두 주자 (주)로크미디어에서 여러분의 나래를 활짝 펴 보시길 바랍니다.

모집 분야 판타지와 무협을 포함한 장르 문학
모집 대상 아마추어 작가, 인터넷 작가
모집 기한 수시 모집
작품 접수 시 유의 사항
   1. 파일명은 작가명_작품명.hwp형식을 갖춰 주십시오.
   1. 파일에 들어갈 내용은 다음과 같습니다.
      — 성명(필명인 경우 실명을 밝혀 주세요), 연락처, 이메일 주소
      — 제목, 기획 의도
      — A4용지 1장 분량의 등장인물 소개
      — A4용지 2장 분량의 전체 줄거리
      — 본문
   1. 작품이 인터넷에 연재되고 있다면, 게시판명과 사이트의 구체적이고 정확한 주소를 기재해 주십시오.

선택된 작품은 정식 계약 후 출판물로 간행되어 전국 서점에 유통됩니다.
작가 분은 (주)로크미디어의 전폭적인 지원하에 전속 작가로 활동하시게 됩니다.
※ 자세한 내용은 로크미디어 홈페이지(rokmedia.com)를 참조하세요.

(04167)서울시 마포구 마포대로 45 일진빌딩 6층
(주)로크미디어 편집부 신간 기획 담당자 앞
전화 : 02) 3273-5135
www.rokmedia.com   이메일 : rokmedia@empas.com